O LIVRO DOS LOBOS

RUBENS FIGUEIREDO

O livro dos lobos
Contos

COMPANHIA DAS LETRAS

Copyright © 2009 by Rubens Figueiredo

Grafia atualizada segundo o Acordo Ortográfico da Língua Portuguesa de 1990, que entrou em vigor no Brasil em 2009.

Capa
Retina_78

Preparação
Maria Cecília Caropreso

Revisão
Ana Luiza Couto
Veridiana Maenaka

Os personagens e as situações desta obra são reais apenas no universo da ficção; não se referem a pessoas e fatos concretos, e sobre eles não emitem opinião.

Dados Internacionais de Catalogação na Publicação (CIP)
(Câmara Brasileira do Livro, SP, Brasil)

Figueiredo, Rubens
 O livro dos lobos / Rubens Figueiredo. — São Paulo :
Companhia das Letras, 2009.

 ISBN 978-85-359-1501-3

 1. Contos brasileiros I. Título

09-06368   CDD-869.93

Índice para catálogo sistemático:
1. Contos : Literatura brasileira 869.93

[2009]
Todos os direitos desta edição reservados à
EDITORA SCHWARCZ LTDA.
Rua Bandeira Paulista 702 cj. 32
04532-002 — São Paulo — SP
Telefone (11) 3707-3500
Fax (11) 3707-3501
www.companhiadasletras.com.br

Para Leny

Sumário

Os biógrafos de Albernaz, 9

Alguém dorme nas cavernas, 24

A terceira vez que a viúva chorou, 62

Um certo tom de preto, 82

O caminho de Poço Verde, 103

Os anéis da serpente, 125

A escola da noite, 144

Os biógrafos de Albernaz

Morrer, àquela altura, não era só uma infelicidade. Era uma indelicadeza. Havia quinze meses que Nestor frequentava fungos e ácaros em bibliotecas e arquivos e entrevistava muitas pessoas ainda mais velhas do que a sra. Murtinho. Ele não conseguia enxergar uma razão para a mulher não ter esperado mais duas ou três semanas antes de partir ao encontro de seus ancestrais.

A notícia havia chegado logo pela manhã e até agora, no meio da tarde, Nestor ainda não tinha sido capaz de se reorganizar. Era melhor agir depressa, se pretendia ir ao enterro. E, mesmo que não fosse até lá, a pressa agora era uma imposição. Nestor empurrava sua mente na direção de ideias otimistas, imaginava que a sra. Murtinho não devia possuir informações especialmente úteis para o seu livro. Era o mais provável. Mas sua ânsia não se venderia tão barato e temores como os seus não se calariam por tão pouco: Torres, o Cego, devia ter se antecipado e gravado uma entrevista com a sra. Murtinho.

Torres, o Cego. Era assim que Nestor chamava seu concorrente. A questão não era só o prazo que ia se esgotando, junto com o dinheiro prometido para as pesquisas. A pressa tomava agora a forma de uma penitência pela maldade de competir com um ser humano em flagrante desvantagem. Por estranho que possa parecer, só três meses antes Nestor tinha sabido que um outro homem andava entrevistando as mesmas pessoas que ele, e com o mesmo propósito: escrever pela primeira vez uma biografia de Rodrigo Albernaz. E a cegueira, no caso, parecia uma falta de escrúpulos pior do que a concorrência silenciosa.

Era o ano do centenário de nascimento de Rodrigo Albernaz e a publicação dos dois livros não poderia ultrapassar esse limite. No entanto, algumas pessoas que tiveram contato com Albernaz desacatavam os prazos e se deixavam morrer cedo demais. A sra. Murtinho não foi a primeira. Aquelas pessoas pareciam ter pressa: sacudiam a ampulheta, batiam de leve com a unha no vidro para a areia correr mais ligeiro pelo gargalo transparente.

Em compensação, alguns eram gentis o bastante para deixar suas recordações gravadas nas fitas de Nestor antes de desaparecerem. Num caso e no outro, porém, essa proximidade com a morte vinha provocando no biógrafo uma sensação ruim: o sentimento de estar já falando com os mortos e de, a qualquer descuido, poder escorregar também para aquele mundo escuro, mas ao mesmo tempo cada vez mais familiar.

Devia ser o nervosismo. Nestor temia que o livro do Cego pudesse ficar pronto antes do seu. O editor, no entanto, lhe garantia sempre que isso era muito pouco provável, não havia motivo para preocupar-se. Nessas horas, o silêncio chiava nervoso no telefone, enfatizava aquilo que nem um nem outro tinha ânimo de dizer: as dificuldades de um homem cego para organizar documentos, conferir dados, escrever um livro, aquele livro. Nestor achava que o editor estava sendo razoável, mas talvez apenas com o intuito de tranquilizá-lo.

Alguma coisa lhe dizia que o Cego havia tido o tempo necessário para falar com pessoas que, na ânsia de morrer, lhe escapavam. E também com pessoas cuja existência Nestor simplesmente desconhecia. Nestor recebeu bolsas de fundações, adiantamentos, passagens aéreas, refeições. Torres não tinha coisa alguma. Teve mais tempo, é possível. E tinha a cegueira.

Nestor havia planejado referir-se apenas de passagem à cegueira de Rodrigo Albernaz, tema tão propício à pieguice, ao drama fácil e a um sentimentalismo em que sempre soava uma nota de crueldade. Eram essas as expressões drásticas que Nestor gostava de repetir para si mesmo — drama, crueldade —, orgulhando-se ao lembrar que nos planos do seu livro havia bem pouco espaço reservado para o assunto. Afinal, a cegueira atingira Albernaz já idoso, com a carreira concluída e a fama pronta. Sobrevivera apenas para saborear um pouco do que haveria de ser a posteridade.

A cegueira de Torres, portanto, representava uma deslealdade dupla. Sem ser o resultado de um esforço pessoal, ela o elevava a uma esfera de afinidade com Albernaz impossível de ser acompanhada por outros biógrafos mais saudáveis. Não havia dúvida, um golpe sentimental e publicitário se armava contra Nestor. Como não imaginar os expedientes ao alcance de Torres? Claro, aproveitava-se de sua deficiência para inspirar pena e conseguir acesso a informações e a pessoas que, de outro modo, o deixariam esperando para sempre. E, após a publicação dos livros, ostentaria sua ausência de visão para chamar a atenção do público. Estava claro.

Nestor já conversara uma vez com Torres, o Cego, por telefone. Tentou se mostrar bem-humorado, forjou duas ou três piadas sobre a situação que ambos viviam. Riram os dois. Nestor riu mais, deduziu em Torres um espírito simples, um iniciante um tanto atrapalhado, e agarrou-se a sua convicção de profissional, contrapondo-a à voz atônita daquele diletante quase gago.

O Cego deu a entender que menosprezava "o aspecto oftalmológico da história". Chegou mesmo a ajudar Nestor na questão do paradeiro de uma informante útil ainda viva. Mas nada disso bastou para pacificar a desconfiança de Nestor. Menos ainda o comentário de Torres, quando explicou, com sua voz cândida, que se sentia um pouco sem graça por estar falando com um "escritor famoso, um jornalista que eu admiro muito".

Pelo sim, pelo não, Nestor já ia se acostumando à ideia de multiplicar, no seu livro, os parágrafos dedicados ao "aspecto oftalmológico da história". Não era hora de poupar munição nem de desperdiçar escrúpulos. Temia a ação de alguns desafetos na imprensa, se a superioridade do livro de Torres se mostrasse óbvia demais. Em qualquer outro caso, Nestor confiava na influência do editor rico para impedir o pior. O editor lhe telefonava quase todo dia, àquela altura, e Nestor se perguntava qual o significado dos balbucios e resmungos minúsculos que, no último mês, passaram a cortar as frases de estímulo daquele homem.

Seria exagero afirmar que Nestor odiava Rodrigo Albernaz, cuja vida e obra conhecia apenas de ouvir falar antes de iniciar o trabalho. Mas a verdade é que não havia ali nenhuma admiração. Nem o menor traço de simpatia. Nada que justificasse algum sentimento menos gelado do que o respeito compulsório de todo intelectual por alguém como Albernaz.

Com o correr do trabalho e do tempo, passara a praguejar sozinho, em voz alta e com dureza, contra o seu herói, por ter deixado para trás tantas incertezas. Jurava nunca mais querer saber de Albernaz e suas histórias, depois que concluísse o livro. Mas sabia que não ia ser fácil livrar-se daquilo. Ia descobrindo que não há nada tão capaz de turvar a figura de um homem vivo quanto a sombra de um morto célebre.

Nervoso, praguejava também contra o Cego. Deixava escapar zombarias e sarcasmos fáceis de adivinhar, mas que ainda assim lhe causavam surpresa. Dia a dia o medo aumentava, e ardia, e se consumia em lampejos de fúria. Duravam pouco, mas geravam um sentimento de vergonha persistente e complicado, que não apagava o rancor pelo oponente.

A complicação se tornava ainda maior porque Nestor entendeu que Torres admirava sinceramente Rodrigo Albernaz. Este sempre fora o ídolo do Cego, e seu livro seria, por assim dizer, uma nova cerimônia num culto já tradicional. Do jeito que as coisas estavam, nada poderia irritar tanto Nestor quanto um diletante com uma motivação superior à sua.

É verdade: Torres, o Cego, podia estar apenas fingindo entusiasmo e lealdade antigas, como Nestor, por seu lado, também fingia profissionalmente alguma coisa. Mas sem exagerar, pois tinha certeza de que não seria convincente. Portanto, se Torres fingia, fingia mais e melhor. O que, aliás, já quase equivalia a alguma sinceridade. Assim, de um jeito ou de outro, para Nestor, era quase insuportável descobrir que não conseguia fabricar em si algum calor de admiração pelo homem que, afinal, lhe proporcionava uma excelente oportunidade na carreira.

Lembrava-se ainda do dia em que tinha recebido a proposta para escrever o livro. Uma euforia contida, a antevisão de um alvoroço de olhares, todos voltados para ele, olhares que o erguiam no espaço, um rebuliço difuso a que não arriscava dar um nome. Rodrigo Albernaz estava muito longe de ser uma figura de sua predileção, mas era uma das personalidades mais citadas, e elogiá-lo era uma regra. Ainda não era uma vulgaridade.

Nestor aceitou a sorte e festejou naquela mesma noite num jantar com amigos. Não houve como impedir que pagasse a conta de todos, e com uma satisfação que não fazia justiça às paredes maltratadas do seu apartamento. No corredor, entre o quarto e a sala, uma infiltração delineava na tinta estufada as formas de um fantasma. Por desleixos desse tipo, Nestor se felicitava por viver sozinho, separado da esposa. Se fosse cego — pensava agora —, ninguém teria a ideia de criticá-lo por coisas assim.

Dias antes, tinha feito uma experiência. Fechou os olhos, estendeu os braços para a frente e arriscou dois ou três passos. O pé afundou no vazio, as mãos flutuaram perdidas numa névoa um pouco avermelhada por causa da pele das pálpebras, antes que ele abrisse os olhos assustado, ferido por uma aflição, achando que ia se desequilibrar e cair. Então era assim? Mais uma vez, sentiu-se um desalmado e compreendeu o poder enorme de Torres, o Cego.

Com toda a franqueza, Nestor achava injusto que o chamassem de displicente em relação ao livro. Mas, se fosse pressionado por amigos, não negaria que seu empenho teria sido bem menor sem o assédio do Cego. Havia planejado suas folgas e fugas turísticas com o mesmo cuidado com que previra as etapas de seu trabalho. E, claro, com bem mais entusiasmo. Agora, boa parte dos seus planos de lazer tinham sido sacrificados e Rodrigo Albernaz imperava absoluto.

Nas fitas e nas vozes que giravam titubeantes em seu gravador, Nestor passou a descobrir notas de um desdém e de um desafio na verdade impossíveis. Mas por que não? Afinal, parte daquela gente, sem dúvida alguma, sabia das atividades de Torres. E nenhuma delas o avisou. Tosses, pigarros, sufocamentos momentâneos, ouvidos pela quinta, pela décima vez, compunham uma espécie de música dissimulada, um contracanto de zombaria.

A passagem de Albernaz pela clínica psiquiátrica estava bem documentada. Foi breve, e o paciente não teve recaídas. As fichas médicas deram densidade a um capítulo importante, que Nestor concluiu com orgulho. Ganhou ânimo e tomou coragem para um gesto que vinha adiando havia alguns dias. Telefonar outra vez para Torres. Temeridade, impertinência, não importa.

Era indispensável manter vivo o contato, o instinto o forçava a se aproximar, nem que fosse apenas para certificar-se da mera existência do outro biógrafo. Deixou-se levar pela ilusão tranquilizadora que via naquilo uma simples forma de vigilância sobre os movimentos do oponente.

Abriu a conversa com mais algumas piadas muito francas: o caso era mesmo para rir. Uma tática bem conhecida, desmoralizar o drama com sua caricatura. Isso repetiu-se algumas vezes em outros telefonemas e a repetição serviu para deixar claros os limites da iniciativa. Torres o atendia com toda a sua simplicidade. Até que um dia, captando a intenção de Nestor, mostrou-se agradecido, pôs a casa a seu dispor, à hora que ele achasse melhor.

Quem dera que Nestor fosse capaz de fingir assim. Só mesmo um cego. Talvez o mais inibidor de tudo fosse ver a si mesmo. Ser surpreendido pelo reflexo de um pedaço do próprio rosto no cromado da maçaneta na hora em que se chega em casa, por exemplo. Assim os devaneios de Nestor o levavam para longe, contaminado pela prosa das aulas e conferências de Rodrigo Albernaz, que ele vasculhava. Incomodado, já percebia naquela retórica o passo arrastado de sermões. Mas guardaria para si mesmo essa opinião desfavorável. Não era para isso que vinha sendo pago.

A primeira coisa que os olhos buscaram ao entrar no apartamento de Torres foram sinais da presença de outra pessoa. Enfermeira, acompanhante. Mas Torres estava mesmo sozinho. A ordem de tudo deixou Nestor surpreso e o contraste com a balbúrdia de objetos e papéis em que vivia o encabulou. Tudo ali estava no lugar e Nestor logo deduziu que para um cego isso poderia, afinal, responder à simples necessidade de poder movimentar-se. Mas a ideia em nada desculpava seu próprio desleixo, para o qual não havia desculpa.

Foi a primeira das duas únicas visitas. Nem pessoalmente,

nem por telefone, Nestor lhe fez a pergunta que mais o perturbava, a despeito de tantas preocupações bem mais prementes. O orgulho, a timidez e a raiva misturavam-se. Não queria de jeito nenhum tocar no assunto da cegueira. Assim, nunca foi capaz de saber como Torres mantinha suas pastas em ordem, como escrevia e, sobretudo, como fazia para ler e conferir os textos necessários.

Eram muitos. Torres se encontrava bem documentado, isso estava claro. Devia contar com algum ajudante, um cúmplice com bons olhos. Nestor conjecturou de relance uma aproximação com essa figura sem rosto, alguém que talvez pudesse... Não permitiu que a ideia fosse adiante. O estranho, o inesperado era um sinal de desgosto que a voz de Torres deixava agora apontar aqui e ali, ao falar de Rodrigo Albernaz. Antes, ao telefone, Nestor jamais percebera nenhum meio-tom no entusiasmo do outro.

— Alguma vez passou pela sua cabeça que na vida de muita gente, até das pessoas mais próximas, com quem a gente conviveu a vida toda, há pelo menos um fato horrível, que precisa ficar escondido para sempre?

A ideia de que Torres, o Cego, havia topado com uma informação dissonante da monotonia de integridade e honra que haviam de ser todas as biografias de Rodrigo Albernaz só surgiu na segunda e última visita. Foi então que Torres fez aquela pergunta ou reflexão, enquanto caminhava até a janela, como se fosse espreitar alguma coisa do lado de fora. Havia uma decepção, uma amargura pisada, o peso acumulado das coisas que nunca serão ditas.

A curiosidade de Nestor varreu a sala num incêndio de olhares e vontades, que teve como única consequência a sua própria humilhação. Ali sentado, sabia que podia voltar os olhos para qualquer direção sem que Torres percebesse. Mas aquela vantagem, como afinal toda vantagem, era uma vergonha. Não ousou se levantar nem mesmo quando o Cego foi até a cozinha preparar dois cafés. Torres comentou com entusiasmo artigos de jornal que Nestor escrevera tempos antes e dos quais o próprio Nestor mal conseguia lembrar-se. Na hora da despedida, trocaram presentes.

Nestor havia separado um exemplar de uma revista de quarenta anos antes, da qual na verdade ele já possuía três exemplares. Estava longe de ser uma raridade. Mesmo assim Nestor sentiu-se satisfeito com o próprio gesto, no mínimo uma extravagância tratando-se afinal de um concorrente. A revista trazia uma reportagem com fotos do segundo casamento de Rodrigo Albernaz. Torres ficou muito grato. Conhecia algumas das fotografias e descreveu com detalhes as roupas das personalidades retratadas.

Nestor só então compreendeu o óbvio, o toque de escárnio no ato de presentear um cego com fotografias. Será possível que tenha sido proposital?, perguntou-se. Torres, como se quisesse devolver e sublinhar o sarcasmo, voltou a agradecer e afirmou que estava ansioso para examinar as fotografias que ainda não conhecia.

A exorbitância do verbo "examinar" talvez não tenha perturbado tanto Nestor quanto a certeza de que Torres já conhecia, e melhor do que ele, tudo o que a revista continha. Em retribuição, o Cego lhe ofereceu os catálogos das duas últimas exposições de pinturas de Albernaz. Enquanto Nestor folheava distraído um dos livretos, Torres explicou que possuía duplicatas.

Satisfeito, Nestor percebeu que desse modo se restaurava um certo equilíbrio na situação. Pois os catálogos não passavam de banalidade, material fácil de obter e, de sua parte, já bem conhecidos. Assim podia transferir para a cabeça do Cego os cálculos em que sua mente se esgotava. Precauções, simulações de cortesia, a rivalidade feroz que mal se continha na coreografia das boas maneiras — e farejou ali a provocação, o gracejo, o tormento: que tipo de reflexão poderia um cego desenvolver a partir de pinturas?

Ainda estava folheando um dos catálogos quando seu pensamento deu uma guinada. Envelhecidas, amareladas, viu ali dentro um maço de folhas de papel dobradas ao meio. Num relance, percebeu o vinco de dobras antigas, ranhuras, cicatrizes naquela pele ressequida. Deixou que as páginas do folheto continuassem a correr pelo seu dedo, sem coragem de parar ou de voltar atrás para se certificar. Mas de repente o foco de seu mundo tinha ficado mais estreito. A sensação mais viva, agora, era a porosidade do papel e a fricção na pele do dedo, no instante em que cada página virava. Já não ouvia o que Torres estava dizendo, por isso não se deu conta de que ele havia se calado.

Deveria avisá-lo: você esqueceu um papel aqui dentro. Deveria ficar quieto e averiguar se era coisa útil. Fingir que nada tinha visto, fingir que estava convencido da falta de importância dos papéis. Fingir para si mesmo, fingir que não fingia. E foi só no elevador, depois de ter se despedido, nem se lembrava como ou com que palavras, que a ideia veio socorrer Nestor. Promissora, quase sublime em sua engenhosidade, não parecia em absoluto uma coisa fingida.

Percebeu que estava no bar, sentado diante de uma mesa de metal na calçada, com o copo e a garrafa suada de refrigerante na sua frente. Um desvão no tempo o havia engolido, no intervalo entre o elevador e aquela mesa. A ideia nasceu no elevador, ganhou corpo, até se delinear por completo ali na mesa, depois que ele interrogou as folhas antigas com olhos que queimavam.

De fato, a hipótese só poderia se firmar depois que entendesse o significado dos documentos. Eram documentos. Segundo eles, Rodrigo Albernaz, quando professor de pós-graduação, traduzira para o francês parágrafos inteiros do trabalho de uma de suas alunas e os incluíra em um texto seu publicado na Europa numa coletânea de celebridades da América Latina. Questionado em particular pela aluna, desculpou-se e ofereceu em troca seu apoio para ela ingressar e fazer carreira na universidade. Ela aceitou, cumpriu a prometida carreira e, segundo os documentos, terminou por se aposentar normalmente, já depois da morte de Albernaz. Cartas da irmã para a aluna e desta para a irmã. Cópias sublinhadas em vermelho. Endereços, datas, selos, carimbos.

Estava muito longe de constituir algo terrível, como sugerira Torres, o Cego, em seu comentário velado, junto à janela. Mas, tratando-se de Albernaz, tinha umas fagulhas de escândalo. Mesmo deixando de lado qualquer campanha promocional, aquela novidade bastava como garantia de algum impacto e repercussão para o futuro livro de Nestor. E não havia motivo para remorsos. Não precisava devolver os papéis. Torres, o Cego, lhe entregara deliberadamente os documentos originais. Era um admirador irredutível de Rodrigo Albernaz. Talvez uma lealdade nascida na juventude: quem sabe em meio a que sonhos e turbulências de adolescente ele havia selado uma aliança com Albernaz, uma aliança à qual o Cego havia subordinado sua fé em si mesmo?

Era impossível que Torres, depois de todos aqueles anos, aceitasse ser o criador de um novo rosto para Rodrigo Albernaz. Seria traição. Acuado por suas descobertas, Torres viu com clareza o impasse. Seu pacto era com um homem morto, com uma vida completa, sem espaços em branco, uma vida que se podia pôr em ordem e narrar em linha reta. Era o Albernaz morto e não algum outro, uma forma espúria que começaria a viver agora, com um novo caráter, um outro corpo que pesava no mundo e riscava no chão seu rastro torto.

Torres, o Cego, sabia que, aos olhos de todos, os dois Albernazes — o morto e o renascido — se aglutinariam em um só: um híbrido, uma aberração. Mas em seu livro só o seu Rodrigo Albernaz cumpriria sua sina de dignidade e mito. Nestor assim refletia: Torres compreendeu as exigências que a sua fidelidade cobrava. Por contraditório que pudesse parecer, cabia a ele, o Cego, deixar livre o caminho para o novo Albernaz, que aguardava sua vez de respirar e fazer barulho. O Cego sabia da pequena repercussão reservada para o seu livro, e no fundo nunca havia esperado outra coisa. A questão, para ele, não era essa.

Emaranhado naquelas conjecturas, que o justificavam tão bem, Nestor percebeu que os oponentes tinham se convertido em colaboradores. Reconfortado, conciliado com o que de início lhe parecera uma deslealdade, experimentava todo o poder curativo daquela ideia. Naturalmente, nada poderia perguntar ao Cego sobre o caso. Fazia parte das regras implícitas entre os dois. Portanto, não havia como ter certeza absoluta. Mesmo que Torres negasse e pedisse os papéis de volta, não significaria necessariamente que não havia feito aquilo de propósito. Significaria apenas que o pacto de silêncio tinha sido quebrado.

As últimas semanas de trabalho foram medonhas. Bebidas, tranquilizantes — Nestor engordou e emagreceu diversas vezes. O dia e a noite se fundiram num único ciclo de trabalho e sono maldormido. Um sono de pedras e de torneiras que pingam. A causa não eram as preocupações de antes, mas um excesso de animação. Palpitava nele agora um entusiasmo diferente, mistura de clarividência e cegueira. Admitia sentir até certa admiração por Rodrigo Albernaz. Já não era preciso fingir.

Dentro do prazo, o livro foi apresentado à editora e publicado, enfim, poucos meses antes de expirar o ano do centenário. Os protestos da família de Albernaz e um confuso processo na justiça vieram no momento exato, como um coro que fez o livro subir ao céu.

As sete páginas que continham a narração do furto dos pobres parágrafos eximiam muitos da obrigação de ler o livro, mas não de comprá-lo nem de falar sobre ele. Difundiam perplexidade, liberavam o gosto da maledicência reprimida. Chegavam a lançar para segundo plano virtudes incomuns presentes na biografia escrita por Nestor, as quais, no entanto, não escaparam ao exame de comentaristas mais sérios. Transformado em pessoa famosa, Nestor acumulava propostas e oportunidades de trabalho, sem saber até que ponto provinham de seu livro ou das sete páginas cedidas pelo Cego.

O livro de Torres, publicado nos últimos dias do ano, obteve registros discretos, algum elogio pela abundante documentação, mas já nasceu com a reputação de obra superada. Nada trazia que destoasse dos conhecidos louvores — a efígie já fora de circulação do velho Albernaz, morto duas vezes. Nestor recebeu um exemplar do livro, limitou-se a ler uma passagem aqui, outra ali, satisfeito ao encontrar os lugares-comuns do estilo e ao confirmar a ingenuidade de Torres por deixar tão mal explorados assuntos interessantes e que ele mesmo desconhecia.

No ano seguinte, depois de passar alguns dias sacudido por uma agitação sem motivo, com uma indisposição feita de pressentimentos, de suspeitas, Nestor voltou a procurar Torres, o Cego. Ao telefone, trocaram elogios. Os do Cego lhe pareceram sinceros. Os seus soaram inchados de constrangimento.

Por que seria? Bastaram alguns meses para a sua teoria se corroer assim? Nestor era obrigado a reconhecer que não. Agora, como antes, continuava a crer no seu raciocínio. Os fatos confirmavam. A absoluta ausência de hostilidade do Cego também. Mas sua dúvida renascia do nada. Não precisava de provas, indícios. Aliás, se quisesse, poderia inventá-los sozinho.

Nestor sentia pena de Torres. De algum modo, devia recompensá-lo. Podia imaginar que ele já se sentisse recompensado, por ter salvado um Albernaz do outro. Duas vidas separadas, uma para o passado, outra para o futuro. Mas a recompensa autêntica precisava ser algo mais palpável, algo que Nestor tirasse das próprias mãos e passasse para as mãos dele.

De novo Torres estava sozinho. Os objetos exatamente nos mesmos lugares. Estendeu um volume da biografia de Rodrigo Albernaz na direção do autor e pediu o autógrafo. Nestor encabulou. Nem sequer tinha lhe passado pela cabeça fazer o mesmo com o livro do Cego. Seu pensamento trazia outra carga.

— Para mim, Torres, você é o grande especialista no assunto. Há um novo campo aberto para pesquisas e descobertas importantes. Há até certa ansiedade por isso em parte do público. Podíamos nos unir, obter informações novas e publicar juntos um novo livro, um desdobramento, que aproveitasse o sucesso do primeiro e ampliasse as revelações sobre Rodrigo Albernaz. Seria mais fácil de fazer do que o primeiro livro e poderia trazer mais vantagens para nós dois.

Os óculos escuros do Cego devolviam à sala a imobilidade de tudo. A fisionomia inalterada, invulnerável tanto às palavras como ao silêncio. Tudo acontecia por trás dela. Confiança, fraqueza, omissão. De tudo ele fazia suas armas.

Uma coisa Nestor não podia ignorar: se a sua hipótese era verdadeira, aquela proposta era um absurdo. Mesmo assim falava a sério. Adivinhava os lucros, acreditava nos benefícios de um trabalho em conjunto, estava convencido de que o Cego possuía outras informações importantes, ali, naquele apartamento. Afinal, quem sabe Torres podia julgar concluído o pacto de juventude com Rodrigo Albernaz — o seu Albernaz — uma vez escrita e publicada a sua biografia, quem sabe?

O Cego esboçou trejeitos de modéstia, disse que ia à cozinha fazer um café para eles dois. Nestor ficou sozinho, ouvindo ruídos frouxos de vidro, colher, água. Torres demorava. Talvez refletindo, pesando. Os olhos de Nestor vagaram pela sala. Os objetos fixos em seus lugares compunham um mapa com seus pontos assinalados de uma vez por todas. Um túmulo. No mundo todo, só Rodrigo Albernaz acusava Nestor de ladrão.

A bengala de alumínio, dobrável em quatro partes para facilitar o transporte, está sobre a mesa. Quase toca o joelho de Nestor. A mão de Nestor apanha aquele instrumento de cegos, desdobra-a, sente o gelo do alumínio na pele, o peso oco nas mãos. Arrisca três estocadas no ar, brinca de esgrima, golpeia fantasmas.

Fecha bem os olhos e tateia o chão com a ponta da bengala. Tenta interpretar a maciez do tapete, a fronteira com o assoalho à frente dele, tenta decifrar a dureza da madeira, avaliar a aderência da cera no piso. Crescendo em minúcia, faz um esforço para separar as sílabas dos tacos, as fendas regulares em que se encaixam os retângulos uns nos outros — estes na horizontal, aqueles na vertical.

Algo atiça suas narinas. Longe. Experimenta separar o cheiro em partes menores para dominar o seu idioma, seguir aquele fio para trás até reconhecer sua origem. O olfato aguçado de um cego. Ele está se transformando em um cego.

Imagina o cordão de fumaça azulada, quase invisível, que vem da porta da cozinha, risca um S no ar parado da sala e depois escorre entre os móveis, se desmancha pela janela meio aberta. De olhos fechados, quase chega a ver a origem da fumaça, os papéis queimando numa das bocas do fogão, sob a vigilância atenta do Cego. Algumas cinzas minúsculas escapam da chama e esvoaçam, viram pó.

Alguém dorme nas cavernas

Os lobos chegaram há dez anos. É o que Estevão sempre diz aos visitantes, à noite, quando um casal de lobos vem buscar comida.

Foi há dez anos, numa época em que o alimento na floresta andou escasso. Apenas um casal, às vezes com os filhotes. Cautelosos, chegam se esgueirando pelas alamedas escuras do jardim. A ameaça pressentida a cada passo, a pata suspensa no vazio. Espreitam para um lado e outro, orelhas e focinho desconfiados, os olhos faíscam na escuridão, ora aqui, ora ali, reflexo das lâmpadas na varanda ainda distante. Param a qualquer sinal de movimento e, quando não se sentem seguros, recuam, ainda que só alguns centímetros. Criam um espaço vital onde antes havia apenas terra, capim. As pernas esguias flexionadas, prontas para correr, fugir na hora certa — a coragem do lobo.

Nossa Casa fica no território desse casal. Apesar de sermos todos vegetarianos, conforme determina o Livro Sagrado, naquela primeira noite e nas seguintes demos um jeito de conseguir alimento adequado para os lobos. Eles passaram a vir quase sempre, numa visitação que se renova. Esse já é o segundo casal. Quando ficarem velhos, serão expulsos por outro mais jovem e mais forte, talvez por seus próprios filhos.

Estevão repetia as mesmas fórmulas para os visitantes, enquanto atirava ossos e carne de galinha nos degraus de pedra centenária que levavam ao jardim. Quando se sentia mais confiante e achava os animais tranquilos, chegava a segurar um osso com o braço estendido para a frente, no alto, para fazer o lobo pular.

O animal calculava a distância, olhava diversas vezes para trás, para os lados, para o osso e mais uma vez para trás. Como se tivesse uma mola por dentro, seu corpo se contraía da cauda ao focinho, media o impulso para o salto. A mandíbula estalava e depois vinha o rumor de osso esmigalhado. No momento exato do salto, diante do espanto dos visitantes, Estevão recolhia a mão com agilidade e algum sentimento de triunfo, que não conseguia conter.

Um homem bastante humilde, na verdade. Sabia muito bem a porção de tolice que havia naquele sentimento e em toda a cena. Eram criaturas destituídas de qualquer maldade.

Para mim é difícil escrever. Não por alguma emoção ou escrúpulo obscuro, como os que os autores de livros às vezes gostam de invocar, enfeitando com dores a sua simples presunção. Para mim é difícil escrever porque só tenho este caderno amarrotado e sempre úmido, apoiado na terra ou na pedra de superfície tão desigual. E para segurar a caneta só posso contar com os dentes e com o que me resta das mãos.

Nossa Casa foi construída há trezentos anos, para educar os jovens e despertar talentos para o sacerdócio. Fica no centro de uma grande floresta, hoje transformada em Parque Natural. Quando minha família me matriculou, eu era um menino intratável de oito anos e a Casa fazia algumas décadas que iniciara sua segunda fase, a que começa após o incêndio. Desse acidente ainda há na propriedade diversos vestígios, alguns preservados com zelo turístico e histórico, inclusive o túmulo do aluno de treze anos causador e única vítima do desastre.

Estevão costumava apontar o local da sepultura para os visitantes, sem mostrar disposição de se aproximar. Mas não era raro contar detalhes do incêndio, mesmo que ninguém perguntasse nada. Estevão não estava presente na época, havia reunido relatos de várias testemunhas e com base nisso compôs um quadro verossímil e até atraente.

Agora, aquele texto, por ter sido tantas vezes repetido, quase palavra por palavra, parecia quase destinado a uma espécie de imortalidade. A repetição passou a ser para nós a imagem mais compreensível daquilo que não morre. Assim se repetem as estações do ano, as palavras do Livro Sagrado ou as visitas noturnas dos lobos. Desse jeito modesto, sempre com medo do incêndio, Estevão sonhava com alguma coisa que durasse, ou pelo menos que não estivesse sujeita à destruição pelo fogo.

Foi Gregório quem me trouxe para a biblioteca. Muitas obras preciosas se perderam com o incêndio. Estevão gostava de mencionar para os visitantes uma edição da *História natural* de Plínio impressa em Veneza no século XVI, em vários volumes. Mas muita coisa se salvou, também. Estevão conta que os alunos e os professores corriam trazendo os livros para fora, sem tempo de escolher. Apanhavam o que podiam, entravam e saíam tossindo, trôpegos, enquanto as chamas permitiram. Sou grato a esses salva-vidas de livros. Sem eles talvez eu jamais tivesse compreen-

26

dido o caminho que Gregório, no tempo em que viveu e ainda depois de morrer, preparou para mim.

Foi Gregório quem descobriu ou pelo menos desconfiou de alguma coisa em mim e me enxertou com cuidado no corpo da biblioteca. Eu me chamo Simão. Era um menino selvagem, um ouriço que se cercava de espinhos a troco de nada. Disciplina e carinho, deveres e atenção, tudo irritava meu orgulho enorme. Dizia crueldades até para os professores de quem mais gostava. Exasperava a todos com meus longos ataques de asma, tremores violentos, desmaios. Mentia a respeito de tudo, coisas graves ou ninharias. Dava gritos esganiçados, fechava os olhos e tapava os ouvidos se alguém me flagrasse numa mentira. Em desespero, eu defendia alguma coisa em mim, mantinha os outros longe.

Gregório era um homem idoso, considerado por todos um extravagante venerável. Encarregado de reorganizar a biblioteca, nunca dava por terminada sua missão. Até o dia em que me chamou, Gregório não havia permitido que ninguém o ajudasse. Pode ser que uma só vida não bastasse para aquele trabalho, mas na verdade todos sabiam que se Gregório conseguia pôr em ordem um setor da biblioteca, era sempre ao preço da desordem em prateleiras que já havia arrumado antes. No conjunto, prevalecia o sentimento de estagnação. Apesar disso, ninguém se intrometia no assunto. A visita e as consultas só eram possíveis com a supervisão direta de Gregório.

Não sei quando Gregório passou a prestar atenção em mim. Sugeriu temporadas na biblioteca, para me acalmar. Os outros concordaram, já não sabiam o que fazer comigo, onde me enfiar. E afinal, justificavam-se, me deixar na biblioteca não chegava a ser o mesmo que pôr um bicho numa jaula.

Raquel não veio para ficar. Eu sempre soube disso. Muito

menos o seu marido, uns vinte anos mais velho, professor da universidade, como ela. Apenas acompanhava a esposa, que iniciava uma série de pesquisas em cavernas. A primeira vez que me falaram dela não foi a primeira vez que ouvi a palavra *espeleóloga*. Na primeira vez que vi Raquel, ela escalava um paredão de rocha vertical de dez metros de altura, perto de uma cachoeira onde ela havia tomado banho. Rabo de cavalo, biquíni, ia descobrindo gretas e fissuras impossíveis, onde firmava as mãos e apoiava a ponta dos pés descalços.

O cabelo gotejava na ponta do rabo de cavalo. Filetes de água minavam em pontos esparsos da rocha, a seu lado. No ar, gotículas em suspensão, vestígios da queda-d'água a uns cinquenta metros dali. Algumas brilhavam nos cabelos do meu braço. Outras aderiam aos óculos do marido, como se as lentes tivessem se arrepiado de frio. Ele olhava para cima sorrindo, enquanto acompanhava a escalada da esposa.

— Não tenha medo — me disse. — Aquilo é um verdadeiro cabrito.

Para escrever, tudo é inimigo, obstáculo. Sempre que termino, é preciso abrir um buraco no chão, meter no fundo o caderno e a caneta e recobrir de terra e pedras. Disfarço depois com folhas secas por cima. Cada dia um local diferente. Se não for assim, descobrem e destroem. Têm a intuição de que isso não é coisa do mundo deles. Por isso as páginas estão sempre úmidas quando desenterro o caderno. A caneta custa a pegar, desliza em falso na umidade. Esbarra em migalhas de terra preta que confundem a tinta, rolam soltas pelo papel, querem soterrar minhas frases. As palavras nascem desse jeito, esfarelando pequenos torrões de terra no caminho.

* * *

A água é transparente porque é feita de gênios invisíveis. Os gênios da água nos conhecem e nos dominam, por dentro e por fora. Sabem tudo a nosso respeito porque, por algum tempo, se tornam uma parte de nós. Depois voltam a ser água e vão embora.

A Casa e a Floresta pertencem à água. Ela desce da montanha em quatro rios pequenos, se acumula em um tanque, mais acima, nos fundos da Casa. Dali a água se deixa guiar por dentro de tubos e canos e aí, no formato dos ramos de uma árvore, se alastra pelos aposentos, por dentro das paredes, através do teto e do chão, todo um esqueleto de água. Os gênios nos cumprimentam nas torneiras, nos abraçam nos chuveiros, nos espreitam através do vidro das garrafas. Entram na Casa antes de entrar em nós, para depois partir levando parte do nosso corpo e também da nossa memória. Se reúnem mais abaixo, no rio, nos riachos, contam uns aos outros o que viram e provaram.

Fazem a mesma coisa com as plantas, com a terra. Os gênios da água são os donos da Floresta desde que ela existe, e ninguém pode enganá-los. No rio, os gênios da água às vezes descansam nos remansos, às vezes correm e pulam agitados entre as pedras, fazem espuma. Quem sujar a água, mentir para ela corre o risco de ver os gênios levarem uma parte maior do que deviam. Pode acabar aleijado ou louco.

Eu tinha uns dez anos. Um dia, quando entrei na biblioteca, não encontrei Gregório, e sim uma mulher de lenço na cabeça, roupa suja de trabalhar na terra. Ela perguntou:

— É o senhor Simão?

Respondi que sim: Simão. Ela me contou a história dos gênios da água e saiu. Logo depois, entrou Gregório. Tive a impressão de que ele esperou a mulher sair para depois entrar. Tive a impressão de que ele queria que eu marcasse desse modo a sua entrada.

De nada adiantava fazer perguntas a Gregório. Ele era mudo. E havia suspeitas sobre sua capacidade auditiva. Alguns achavam que ele ouvia um pouco, outros que era um exímio leitor de lábios. Seja como for, Gregório não permitia que nenhum médico o examinasse. Dizia muita coisa com o rosto, desenhava pensamentos inteiros nas rugas, controlava o movimento dos músculos e da pele com uma deliberação quase inacreditável, sugeria matizes de ideias, dúvidas, ressalvas, desmentidos. Não dependia dos olhos, sempre fixos demais, uma vivacidade sem nuances. Tinha uns pelos em excesso no rosto, em especial no ponto entre os olhos onde nasce o nariz: uma ponte espessa de pelos unia uma sobrancelha à outra.

Mais tarde, eu soube que aquela mulher cuidava da horta e morava na Casa havia trinta anos. Acho que Gregório pediu a ela que me contasse a história dos gênios sem me dar nenhuma explicação. Eu era um garoto com uma inclinação desesperada para a mentira e ele na certa queria me impressionar. Desse dia em diante o copo de água sobre a mesa deixou de ser apenas um meio de matar a sede. A claridade do dia que entrava pela janela revelava no líquido a cintilação de olhos intrometidos, olhos que se moviam por trás do vidro do copo, espiavam tudo.

Sem que eu percebesse, na biblioteca eu ia ficando cada vez mais quieto, mais atento ao que estava à minha volta e mais distraído de mim mesmo. Como Gregório era mudo e provavelmente surdo também, não adiantava eu fazer barulho, gritar com ele. Sem perceber, eu escorregava pouco a pouco para dentro daquele silêncio. Uma caverna, uma carapaça, mais cerrada do que os meus gritos e ataques nervosos. Isso deve ter ajudado.

Havia livros grandes, com ilustrações coloridas protegidas por papel de seda. Gregório me ensinou a usar o índice de ilustrações que vinha no final desses livros. As legendas eram escritas em várias línguas, que ele foi me ensinando. Eu pronunciava as palavras do meu jeito. Gregório me olhava de frente, bem atento à minha boca, e às vezes seu rosto dava a entender que a pronúncia não estava satisfatória. Eu tentava outras até que ele parecia aprovar. Posso ter inventado sentidos para o seu rosto, assim como inventava pronúncias para as palavras estrangeiras.

Quando eu prestava bastante atenção, via que o rosto de Gregório na verdade nunca parava de se mexer. Uma transparência, e uma profundidade por baixo. Era uma espécie de água.

Fora da biblioteca ainda continuei durante algum tempo a ser um garoto enfurecido com quase tudo. Era temido e lamentado. Tão destruidor que no início tinham medo que eu viesse a provocar outro incêndio.

Não sei se foi na primeira vez que vi Raquel que passei a me interessar pelas cavernas. Quando eu era estudante na Casa, às vezes fugia com os colegas, e a gente se metia em grutas, despenhadeiros, cachoeiras, escalava as pedreiras. Eu conhecia as cavernas desde garoto, mas era diferente. Eram coisas para admirar pelo que tinham de atraente, misterioso, para explorar com a curiosidade bruta. Não eram o que são hoje.

Quando vi Raquel, desde a primeira vez notei como era elástica, viva, uma espécie de bicho. Mas não um cabrito. O sol comemorava na sua pele. Raquel saía dos rios, das cachoeiras, e parecia que estava chegando naquele instante, como se a água e a areia cristalina do fundo tivessem fabricado uma mulher viva.

Raquel amava a água. Ao ar livre, quase só me lembro dela molhada. Na primeira vez que veio, dois dias depois de chegar, caiu um temporal no fim da tarde. As janelas logo ficaram embaçadas, filetes de água escorriam em zigue-zague pelos vidros, onde gotas grossas estouravam e os respingos ficavam grudados. Não se via nada do lado de fora.

Ouvi umas risadas, vozes. Abri a janela e o aguaceiro espirrou no meu rosto. Num instante, minha camisa ficou molhada. Raquel estava no jardim pegando chuva, virava o rosto para o céu, ria, mexia os braços, girava para um lado e para o outro, como se quisesse pegar toda a água para ela.

— Ah, é uma delícia! Vem!

Chamava o marido, que algumas janelas à minha esquerda olhava para ela, dando gargalhadas. Gritou:

— O que você pensa que é, menina? Um peixe?

Raquel não se cansava de elogiar as propriedades da água da Casa e da Floresta, levemente escura, avermelhada. Bebia essa água como outros bebem vinho. Contemplava o copo cheio, erguido contra a luz. Mastigava um pouco o líquido, estalava os lábios. Era um beijo. Era carne. Mas eu não entendia.

Não lembro quando começou. Toda noite Estevão recebia os dois lobos no alto da escada de pedra que dava para o jardim, jogava pedaços de carne, dava explicações aos visitantes. Os lobos se retiravam pelos caminhos escuros e desapareciam no mato. Não adianta, não sei quando começou. Era um casal. Passei a esperar os lobos na escuridão, no ponto onde termina o jardim e recomeça a floresta. Esperava-os na volta, depois de terem comido na mão de Estevão. Eu ficava de pé, imóvel, quase sem respirar, tentava me fundir ao mato, ao ar, à noite.

Nas primeiras vezes, os lobos fugiram. Aos poucos, se habituaram à minha presença imóvel, ao meu cheiro de comedor de plantas. Eu mal os via chegar, no escuro; só os olhos rebrilhavam aqui e ali. Sentia que eles se aproximavam cheios de precaução e, de repente, passavam correndo diante de mim, para logo se afundarem na floresta. Eu não via nada. Era só uma agitação no ar, um suspiro de folhas e depois o silêncio.

Quando a lua subia mais cedo e não havia nuvens, eu podia ver o pelo avermelhado, suas pernas finas e pretas. Franziam um pouco os lábios para mostrar o branco serrilhado dos dentes mais fortes. A ponta do focinho também brilhava no luar, palpitava úmida. Eu não me mexia. Nunca olhava para os seus olhos. Nunca lhes dava comida. Os lobos começaram a demorar um pouco mais comigo, começaram a andar um pouco à minha volta, às vezes sentavam-se ali para acabar de chupar um osso. Trocavam um ou outro carinho diante dos meus olhos, mordidas de leve no pescoço, atrás da orelha.

Demoravam-se ali comigo, deixavam que eu experimentasse o seu cheiro de comedores de carne. Deixavam que eu me acostumasse ao odor dos excrementos, que largavam não muito depois de comer.

Não sei quando comecei a me mover perto deles. Devo ter ficado pelo menos um ano sem me mexer, plantado no fundo do jardim, noite após noite. Ninguém na Casa sabia disso. Com Estevão, os lobos eram um espetáculo. Comigo, a convivência era diferente. Não havia proveito, não havia interesse. Não sei o que havia.

Em uma certa data, que só alguns sabem qual é, todas as águas do mundo desaparecerão. Serão substituídas por uma água diferente, que fará os homens enlouquecerem. Só um homem acreditou nessa profecia e guardou a água antiga num reservatório secreto. Um dia as águas de fato secaram, rios, lagos, tudo. E depois veio outra água. Logo o homem comprovou que seus semelhantes estavam falando e pensando de uma maneira completamente diversa da anterior. Nem sequer lembravam o que tinham sido antes.

Quando tentou conversar com eles e explicar o que havia acontecido, o homem compreendeu que o julgavam louco. Tinham pena, tinham medo, mostravam-se hostis. Ele continuou a beber apenas a água velha durante algum tempo. Às vezes, na sua solidão, chegava a se debruçar na beira dos riachos e encher as mãos em concha com a água renovada. Parecia igual à antiga, fresca, clara. Talvez possuísse até um encanto maior. Mas ele não tinha coragem de provar e deixava que ela escorresse entre os dedos.

Comportando-se de maneira diferente dos outros, sua vida se tornava cada vez mais triste e chegou a desconfiar que estivesse de fato louco. Um dia, sem poder mais suportar o isolamento, resolveu beber a nova água e logo se tornou igual aos outros homens. Esqueceu a profecia, esqueceu a água que havia armazenado, e os outros passaram a olhar para ele como um louco curado por um milagre.

Além dos movimentos do rosto, Gregório tinha outra maneira de falar com o garoto que eu era. Trazia um livro, abria numa certa página e me mandava ler. Ou já havia deixado o livro aberto na mesa, quando eu entrava. No início, quando achava que minha leitura ainda não era bastante ágil, usou a mulher da horta para me contar histórias que ele escolhia. Foi assim com a história da água da loucura, que um tempo depois Gregório me mostrou em um livro ilustrado com desenhos árabes coloridos.

Um dia, entrei e achei um livro aberto diante da cadeira em

que eu costumava sentar. Nele estava escrito que na Grécia antiga havia uma lenda sobre os lobos, uma crença também encontrada em outros países e em épocas diferentes: à noite, se um lobo olhasse para os olhos de um homem antes que ele tivesse visto o lobo, o homem ficaria mudo.

Se eu tivesse virado a página, veria que outra versão da lenda dizia que o homem se transformaria em lobo. Mas só virei essa página mais tarde. Depois que Gregório morreu e passei a tomar conta da biblioteca sozinho.

Escrever é cada vez mais difícil. Daqui, ouço os cães latindo bem longe. Sinto no vento o cheiro desses animais que nunca tinham pisado na Floresta. Estão à procura de Raquel. Mas ela não tem mais o cheiro que tinha. As canetas de plástico se destroem cada vez mais depressa nos meus dentes, nas minhas mãos embrutecidas. Mas agora é arriscado demais tentar conseguir outras. Uma lagarta se agarrou na página e deixou um rastro gosmento e meio esverdeado quando a empurrei para fora. No impulso, minhas unhas riscaram muito o papel, chegaram a furar. A caneta falha quando passa na trilha oleosa da lagarta. Hoje escrevi bem grande, na capa do caderno: Simão.

A Casa só tem lugar para uns poucos alunos e os visitantes, embora em número pequeno, acabaram se tornando uma fonte indispensável de recursos. Nem todos os visitantes se adaptavam à nossa dieta vegetariana, por isso tivemos que introduzir alguns pratos com carne, especialmente para eles. Gregório estava muito velho a essa altura e deixou bem claro que achava a decisão um erro grave. As rugas do seu rosto falavam em pecado.

Morreu pouco depois, indicando a mim como herdeiro de

suas funções na biblioteca. Estevão era o diretor e me confirmou no cargo. Me cumprimentou, me elogiou. Lembrou minhas audácias de menino, com um bom humor que todos apreciaram e com um certo constrangimento que só eu percebi nos músculos do seu sorriso. Desde que eu era aluno, sempre soube que Estevão tinha certo medo de mim.

Para nós, para quem nunca na vida comeu carne, o cheiro era difícil de tolerar. Tivemos que contratar outras cozinheiras. Fazer duas cozinhas separadas. A dos carnívoros tem sua chaminé voltada na direção mais propícia para que o vento leve para longe os cheiros que vêm do fogão. Assim, já havia uma coisa nova no ar antes de Raquel vir pela primeira vez, para pesquisar as cavernas. Ela se adaptava bem à nossa dieta, mas às vezes, meio de brincadeira, fingindo que cometia um crime escondido, ia comer um pedaço de carne. Fazia questão que eu visse, gostava de brincar assim comigo, de provocar.

Raquel fechava os olhos, chupava a ponta dos dedos engordurados. Um gemido subia rastejando pela sua garganta e vibrava nos lábios fechados, através das narinas. O gemido crescia e terminava com ela exclamando "Simão!". Na sua boca, misturava meu nome à carne que mastigava e engolia. Queria incluir alguma parte de mim na sua delícia. Na primeira vez, recuei a cabeça, virei o rosto. Mas achei que ela podia considerar isso uma descortesia, uma infantilidade, e fingi suportar. Mais tarde, já não era bem fingimento.

Gregório não vivia fechado na Casa. Gostava de fazer caminhadas sozinho pela Floresta e tinha fama de conhecer trilhas que quase ninguém explorava. Em pouco tempo passou a me levar com ele para algumas dessas caminhadas. Parecia não se cansar. Me ensinou a resistir aos insetos, que se mostravam mais enfurecidos em certos trechos da Floresta. Zumbiam nos ouvidos, picavam, rodopiavam à nossa volta, amarelos, vermelhos, cores sempre brilhantes.

Gregório escalava morros, pedreiras, penhascos, o corpo levemente curvado para a frente, um chapéu de lona para proteger a cabeça do sol, um cantil de soldado com água preso à cintura. Parava sempre que pressentia a proximidade de algum animal. Erguia a cabeça, se empertigava e me apontava algum pássaro, alguma cobra, algum esquilo que de repente descia correndo de uma árvore onde até aquele momento parecia não haver coisa alguma.

Gregório gostava de examinar os rochedos e, quando distinguia um dos grandes lagartos que se camuflam de pedra, fixava os olhos bem no centro dos olhos do réptil. Ficavam os dois um longo tempo assim, sem se mexer. Os olhos abriam uma trilha no ar e os dois deslizavam um para dentro do outro, por alguns momentos experimentavam um a pele do outro, Gregório e o lagarto. O sol esquentava as pedras, o ar ondulava no calor. Eu permanecia alguns metros atrás, observava. Só depois de um intervalo, que sempre me parecia longo demais, o lagarto fazia um movimento engraçado com a cabeça e em seguida corria rebolando a cauda para sumir nas reentrâncias das rochas.

Os lugares preferidos de Gregório eram as beiradas dos abismos, a orla de penhascos escarpados. Embaixo, no fundo, nos intervalos da mata, quase sempre víamos correr um rio que espumava entre as pedras. Do alto, debruçados nos precipícios, só enxergávamos a nuvem de vapor de alguma cachoeira que explodia dezenas de metros abaixo de nós e escutávamos o rumor de um estrondo remoto. Um vento que parecia soprar lá do fundo vinha bater em nosso rosto e às vezes chegava a levantar meu cabelo.

Em comparação com essas caminhadas, as fugas com os colegas e os passeios com os professores não tinham a menor graça.

Gregório me ensinou a não temer a beirada dos abismos. Me ensinou a pisar em caminhos impossíveis, subir e descer escarpas que pareciam afundar no infinito, olhar o fundo do precipício e o fundo do céu sem sentir vertigem.

Parecia conhecer a Floresta havia muito tempo. Eu tinha a impressão de que ele nunca se perderia. Gregório conhecia muitas cavernas e grutas. Chegávamos à entrada, ele me dava uma lanterna e fazia sinal para eu ir em frente. Gregório ficava ali fora me esperando. Até onde vi, jamais entrou nas cavernas. Não gostava nem de olhar para elas, mas não sei por que eu tinha quase sempre a impressão de que ele já as conhecia por dentro.

Pelo menos uma vez tive essa certeza. Na entrada de uma gruta, Gregório usou um graveto para desenhar na areia duas setas, uma para a direita, outra para a esquerda. Depois riscou a seta da esquerda e circundou a da direita. Me segurou pelos ombros, me virou de frente para a entrada da gruta e, com um leve empurrão, me fez entrar.

Era um corredor estreito, teto baixo, repleto de ramificações laterais. Eu escolhia sempre a da direita, conforme a indicação de Gregório. Compreendi que formava um labirinto natural. Avancei durante meia hora, às vezes subia, às vezes descia. Animais que eu não conseguia identificar fugiam do foco da lanterna.

O final era um salão amplo, com colunas formadas por estalagmites e estalactites cobertas de fosforescências coloridas que chegavam a ofuscar um pouco, quando a luz da lanterna deslizava por elas. No chão havia tanques circulares e rasos, de uma água meio escura, parada, onde vi bichos que pareciam adormecidos. No fundo do salão, um orifício no teto abobadado afunilava um jato de sol da finura de uma corda, enviesada, tensa, que amarrava o chão ao teto, como se os dois quisessem escorregar em direções contrárias. A luz só iluminava a extremidade oposta àquela por onde eu tinha entrado.

Quando saí da gruta, quase duas horas depois, Gregório me esperava do lado de fora. Deitado numa sombra, ele cochilava sossegado. Seu sono e a sombra pareceram uma coisa só. Sentei numa outra sombra e esperei que ele acordasse. Fechei os olhos e vi de novo o salão fosforescente, colorido, ouvi de novo o estalido da água que pingava no escuro. Ao longo dos anos, voltei ali várias vezes. Ao que parecia, ninguém sabia daquela gruta, além de Gregório. Ao que parecia, ninguém além de mim deveria ficar sabendo.

A Floresta é rodeada por montanhas angulosas. Para qualquer lado que se olhe, são muralhas de floresta e pedra com picos que interrogam o céu, vasculham as nuvens. De certos ângulos, as curvas no dorso das montanhas mostram feições curiosas. Um rosto e outras partes do corpo humano, animais e letras. Gregório me mostrou um rochedo que escapava da massa da montanha, voltado para o céu como se fosse pular, desprender-se da montanha: a boca entreaberta, o focinho e um pedaço da cabeça de um hipopótamo gigante.

Gregório conhecia dezenas dessas visões. Logo compreendi que todos os animais da Floresta e muitos outros possuíam sua réplica gigante em pedra. Mostrou-me uma formação que era um nariz humano voltado para cima, seguido dos lábios e da ponta de um queixo. Mais que isso: Gregório me colocou numa certa posição, mandou que eu não me mexesse, ficou em pé na minha frente e virou o rosto para cima, sobrepôs seu nariz ao da montanha, seu queixo ao da pedra. Cada saliência, cada ascensão e declive, cada curva e sombra, tudo na pedra imitava a carne, as trilhas da pele. Aquele pedaço do rosto de Gregório já existia na montanha bem antes de ele nascer.

Passei a procurar a montanha que imitava alguma coisa de

mim e disse isso para Gregório. Era preciso calma, era preciso aprender a olhar, aprender a falar a língua das rochas para fazer as perguntas certas.

Procurei as montanhas no meu rosto. Diante do espelho, demoradamente, observava meu reflexo. Entrevia na pele as comissuras da pedra, a cintilação úmida do limo, a mata que irrompia em certos pontos mais fundos da rocha, os lagartos tomando sol, cascatas que espirravam da terra, cavernas, ninhos de gaviões, um rapaz e um velho que escalavam teimosamente os abismos. Um dia, anos depois, descobri. Não no pico, mas num ponto mais baixo de uma encosta. Um certo ângulo da minha testa, das sobrancelhas e dos olhos. Só isso. Reconheci claramente que era eu e mais ninguém. Há pouco tempo descobri outra coisa. Vista de outro ângulo, bem ao sul, e com o sol já baixo, a mesma formação tem o aspecto de um lobo deitado.

A cabeleira castanha de Raquel era uma paisagem. Tinha o repouso e a vida própria de uma paisagem. Seu cabelo tomava diversas feições conforme a luz, conforme o ar, a temperatura, e a cada manhã ressurgia com um novo impulso, uma profundidade diferente. Não é que ela se penteasse e se arrumasse muito. Raquel não era assim. Tinha orgulho do seu cabelo, mas não acrescentava a ele quase nada. Por isso alguns fenômenos, alguns desenhos se repetiam naquele território.

A mecha caía sobre o lado esquerdo do rosto, cortava Raquel em duas. Aprendi o encanto de puxar essa mecha com um só dedo, devagar, para encontrar seu olho escuro, a franja de pestanas trêmulas. Uma pedra brilhante, um segredo, uma presença oculta no fundo do rio.

Raquel gostava de ver os lobos comer perto de Estevão, nos degraus de pedra. Eu disse:

— Quer ver uma coisa mais interessante do que isso?

Ela me olhou sem dizer sim nem não. Meio rindo. Ou mostrando só um pouco do que ela ria por dentro. Eu achava bonito aquele seu jeito. Mais tarde cheguei a pensar que boa parte do que havia ali era desprezo por mim. Agora acredito que assim, rindo e desprezando, Raquel na verdade queria alguma coisa, queria se proteger. Para ela eu era uma brincadeira e um risco. Era isso que a interessava.

— O que é, Simão? Quer meter medo em mais uma turista?

— Depois do jantar, em vez de ir para a escada onde fica o Estevão, venha me encontrar na fonte do jardim.

Mais tarde, no escuro, sentado na amurada de pedra da fonte, vi Raquel surgir: Raquel se formou aos poucos, reuniu elementos dispersos do ar e da noite para se corporificar diante de mim. Cabelos molhados, tinha tomado banho antes do jantar.

— O que é, Simão?

Sorria. Desprezava.

Levei-a até o fundo do jardim, onde a Floresta recomeça. Fiquei no lugar de costume e disse para ela não se mexer, não fazer ruído, não ter medo. Nossos olhos começaram a se habituar à escuridão. Raquel de pé a meu lado, seu ombro às vezes encostava no meu. Esperamos. Puxei no ar o fio de um aroma conhecido.

— Não olhe nos olhos deles.

— Olhos de quem, Simão?

Os lobos haviam parado, sentindo uma presença nova. Raquel ainda não percebia nada. Continuamos imóveis. Um primeiro sinal: entre a folhagem, irromperam cintilações intermitentes, clarões concentrados. Raquel estremeceu. Repeti num sopro:

— Não olhe nos olhos deles.

Os lobos vieram num zigue-zague caprichoso, contornavam barreiras invisíveis que eles mesmos inventavam no ar para se defender. Um. Dois. O casal, a fêmea na frente. O macho atrás, suas passadas abruptas, arrancadas do seu nervosismo. Mais arisco, mais forte. Deixaram no chão os ossos que traziam nos dentes. Experimentaram o cheiro novo, de Raquel, comedora de carne ela também. Olhavam ligeiro para mim, para ela. Olhavam para trás, para os lados, e para trás outra vez. Chegavam perto, recuavam. Senti Raquel tremer, suar, senti uma emoção palpitar dentro dela, respirar na sua pele. Lado a lado, uma parte do seu braço encostava no meu.

Após uns dez minutos, os lobos já estavam mais à vontade. Voltaram a chupar os ossos, que de vez em quando estalavam dentro da boca, destroçados entre as presas. No silêncio em volta, aquele ruído feria com inocência.

Não havia lua, mas algumas estrelas vigiavam no céu. Não havia vento, mas os lobos dominavam o ar com seus odores e suas narinas. Depois de terminarem os ossos, começaram a brincar. Os carinhos meio brutos, as mordidas atrás do pescoço, as dentadas de leve, os rosnados.

O cabelo de Raquel ainda estava molhado. Devagar, pus minha boca e meu nariz atrás da sua orelha. Ela não se mexeu. Os lobos diante de nós. Corri a boca na sua pele, um, dois centímetros. Respirei pelos seus poros. Descobri uma penugem macia na pele abaixo da orelha. Minha boca só resvalava, mal tocava em Raquel. Seu cabelo molhado colou na minha bochecha. Um frescor, uma memória que ia evaporar com o meu calor. Senti um arrepio em Raquel, uma reviravolta na sua pele. Ela não se mexeu.

Os lobos a poucos metros de nós. Cochichei, sem saber para quê:

— Olhe. Isso é um casal de lobos.

Descobri que mesmo depois de morrer, Gregório tinha um modo de se comunicar comigo. Uma parte dele continuou a existir nas rochas de uma montanha, o nariz voltado para o céu. Outra parte estava ali, na biblioteca. A força da mudez de Gregório. Para ele, ser mudo era estar um pouco morto. Quando veio a morte, a mudez persistiu na sala, no corredor em silêncio. A mudez continua presente, continua a viver no mesmo lugar de antes.

Gregório deixou vários livros marcados em certas páginas para eu ler. Quando compreendi isso, passei a procurar por eles nas prateleiras, puxando os volumes ao acaso. Assim era possível conversar com Gregório. Eu sorria, quase sempre perplexo, imaginava o que ele queria me dizer.

Eu seguia algumas indicações. No índice das ilustrações de um livro, vi marcado o número da página onde estava o quadro *Daniel na cova dos leões*. Um homem calvo, de rosto voltado para uma parede de tijolos, dava as costas para oito leões que pareciam andar para os lados, com medo de se aproximar do homem. Eu não conseguia evitar a lembrança do meu encontro com os lobos no jardim.

Procurei uma das Bíblias que Gregório costumava consultar e de fato, em uma delas estava marcada uma página do Livro de Daniel:

"Mude-se o seu coração de homem e dê-se a ele um coração de fera, e passem sete tempos por cima dele."

"Na mesma hora cumpriu-se esta palavra na pessoa de Nabucodonosor, e ele foi lançado para longe da companhia dos homens, comeu feno como o boi e o seu corpo foi molhado do orvalho do céu: de sorte que lhe cresceram os cabelos e o pelo, como as plumas das águias, e as suas unhas se fizeram como as garras das aves."

Eu tinha só nove anos quando me deixaram com Gregório. Como ele soube?

* * *

Talvez Raquel tenha se casado também para facilitar um pouco sua vida na universidade.

Timóteo, o marido de Raquel, é um bom sujeito. Deve ter entendido a situação bem depressa, viu que Raquel era uma moça quase sem família. Era raro Timóteo ficar na Casa com ela. Trazia a esposa para fazer suas pesquisas e uns sete, oito dias depois vinha buscar. Eu e ele nos dávamos bem. Timóteo era agradável comigo, nunca parecia estranhar muito o que eu falava ou fazia. Dava a impressão de se divertir com o meu jeito, que outros consideravam excêntrico e até rude. Deixava transparecer certa afeição, ou pelo menos uma complacência muito bem medida.

— Simão é o homem que sabe o caminho para todas as cavernas, Timóteo.

Raquel costumava exagerar minhas qualidades, sabia que assim ia me deixar sem graça. Timóteo percebia e tentava desfazer esse efeito. Me tratava com familiaridade, tinha um jeito discreto de valorizar meus conhecimentos e conversava comigo de igual para igual sobre as formações rochosas, os rios subterrâneos, os animais noturnos que ele conhecia tão bem.

Um dia eu o levei até a biblioteca e ele ficou surpreso com alguns livros antigos, em bom estado. Mas logo alguma coisa ali o incomodou. Mostrou-se inquieto, olhava em volta num desconforto, disse que ia voltar outro dia. Só que não voltou.

Tempos depois, notei um desânimo em Timóteo, que aos poucos foi crescendo. A cada visita, parecia fazer mais esforço para sorrir e se fazer simpático. Tinha dificuldade em acompanhar as conversas sem se distrair com outros pensamentos, mais fechados.

Um dia, sentado no jardim com um livro, Timóteo esperava Raquel voltar das cavernas para o jantar. Notei que ele nem sequer virava a página. Os olhos atravessavam o papel, atravessavam a grama do jardim, se perdiam dentro da terra. Pareciam querer enxergar a vontade, a fúria que fazia cair as folhas todas da árvore, que fazia correr a água sem parar e punha sempre uma vida nova no lugar de outra, mais velha.

Timóteo me viu olhando para ele da janela. Notei que algo em Timóteo se empertigava, uma onda de hostilidade sacudiu o ar entre a janela e o banco no jardim. Por um segundo um ódio franco cruzou aquele espaço de abelhas, pássaros, brisa sem rumo. Um intervalo tão breve que outra pessoa não perceberia nada.

Logo Timóteo se recompôs, com uma espécie de vergonha, um arrependimento um pouco mais amargo do que o arrependimento puro e simples. Sorriu, acenou para mim como sempre. Mas havia um certo desânimo. Podia ser uma compaixão por mim, por ele mesmo, por Raquel também. Achei que ele envelhecia mais rápido enquanto esperava por ela no banco do jardim.

Onde estou, escrever é quase uma aberração. Não é coisa deste mundo nem de outro. Não é o que eu sou, não parece com o que eu fui. Os cães fazem tanto barulho. É difícil não sentir algum desprezo por eles. Toda essa agitação sem o menor pudor, crianças mal-educadas que não sabem como se comportar na Floresta. Os lobos vão acabar pagando em parte pelo que fiz. Por isso odeiam este caderno e destruíram o que usei antes. É difícil escrever. Desta vez, quando o caderno terminar, acho que não vou poder mais pegar outro.

Um dia acordei e vi o sol baixo. A faixa da luz do sol deslizava no declive da montanha. Pensei: o sol está nascendo. Me espreguicei, pisquei os olhos e vi que a montanha é que estava nascendo, crescia sobre o disco do sol. Desorientado e com certo alarme, logo entendi que o dia na verdade começava do lado oposto. O sol estava se pondo.

Deitado, cabeça apoiada nas mãos, corpo encolhido, notei que eu não estava na cama, e sim deitado direto no chão, sobre a terra, as folhas e a pedra. Entendi que a moldura da paisagem que eu via não era a janela do meu quarto, mas a boca de uma caverna.

Respirei mais fundo, num susto cortado, sem ritmo. Não era bem a minha respiração. Senti um sabor e um hálito pesados que pareciam ter aderido para sempre à minha boca. Um cheiro diferente ondulou no ar, fugia de mim. A aspereza do chão logo me fez lembrar que eu tinha ombro, quadril, perna. Eu estava nu. Minhas mãos cheiravam a terra e a gordura. Alguém tinha vomitado. Só podia ter sido eu.

Ali, ainda deitado, lembrei o que havia acontecido naquele dia. Acho estranho que eu agora não possa me lembrar de tudo aquilo por que passei. O máximo que consigo saber é que ali, ao acordar na caverna, me lembrei de ter feito, de ter vivido essas coisas. Me lembro de ter lembrado. Trago uma memória dentro de outra, uma caixa dentro de outra caixa. O que eu sou vivia fechado dentro do que eu fui.

Lembrei que tinha saído com Raquel de manhã cedo. Ela se refrescava em todos os riachos, cascatas e fontes que encontrava no caminho e o sol estalava fagulhas no seu cabelo molhado. Íamos visitar algumas cavernas onde já havíamos estado antes. Entre uma e outra, cruzamos com um poço temporário. Sem vento, a água se estendia lisa, um lençol tão fino que deixava ver o fundo. Expliquei que só em certas épocas do ano aquele lago se formava, e nem todo ano isso acontecia.

Um cheiro agradável vinha da relva que contornava uma parte do poço. O sol estava alto, estava quente. Raquel entrou no poço pisando devagar, experimentava com cautela o fundo de areia e plantas. Avançou até a água bater na altura do peito. De onde eu estava, na margem, vi uma cobra serpentear sobre a água, deslizar como se corresse sobre uma superfície sólida. A cobra seguia para o outro lado, para uma sombra na margem oposta. Não vi motivo de preocupação.

Preciso esclarecer uma coisa. Não tenho o hábito de entrar na água. Para me refrescar, tiro o sapato, arregaço as calças, mergulho os pés, as canelas, e é o máximo que costumo fazer. É assim que eu estava no poço. Só entro em último caso, o que é muito raro. Aliás, a Floresta não é lugar de água funda.

Raquel já estava no lago havia algum tempo, cada vez mais à vontade. De vez em quando vinha até a margem pegar folhinhas que escolhia para esfregar nas mãos e depois cheirava. Boiava, afundava, se mexia na água devagar, quase sem fazer ruído. Ela já não pensava em cavernas, não pensava em Timóteo, já não era Raquel. O que era? Então vi outra cobra se esgueirar na diagonal, cruzava o poço a uns sete metros de Raquel, rumo a outra sombra, entre bambus, do outro lado.

Enquanto olhava na direção da sombra onde a cobra havia sumido, não notei que Raquel tinha se aproximado de mim. Pelo visto, ela já se movia tão silenciosamente quanto as cobras. Rindo de mansinho, puxou-me pela mão, me fez entrar no poço, de calça, camisa, chapéu. Eu me desfiz do que pude, para não molhar tudo. Tentei não fazer ruído também, igual a ela. Depois, sem pensar, procurei a ilha de penugem macia, densa, por trás do seu pescoço, abaixo da orelha. Raquel ria em silêncio, escolhia um ponto ou outro em mim e soprava, de leve, brincava. Uma espécie de estupor ameaçou me paralisar ali. Eu sou Simão, pensei. Simão.

Raquel havia estendido uma toalha na margem para ela. Me levou até lá, ou foi o que me pareceu. Minhas mãos esmagaram folhas de capim. Acho que no fim rosnei feito um bicho, e depois dormi.

Quando acordei, entendi que Raquel tinha voltado sozinha para a Casa. Foi o que eu fiz. Lembrei ter caminhado devagar, enquanto conferia várias vezes os cheiros desconhecidos que impregnavam meus dedos, minhas mãos, misturados com o aroma do capim. Eu sentia certa fraqueza nas pernas. Em troca, uma energia enorme, mas desagregada, girava dentro de mim.

O sol ia se pondo. Contornei a Casa pelos fundos, junto à cozinha dos carnívoros. Fiquei escondido numa sombra, até eu ter certeza de que o caminho estava livre. Entrei pela porta meio aberta. Vi sangue sobre uma pequena prancha de madeira. Facas, facões tingidos de vermelho. Jogados em um latão de metal, ossos, pelanca, fibras brancas, tripas de galinha.

Moscas rodopiavam com fúria no espaço entre as lâmpadas e o lixo, uma vida que parecia ferver. O cheiro de gordura e pele tostada exalava do forno aceso. Uma panela fumegava no fogão com um rumor insinuante de bolhas. Num instante a cozinha me engoliu inteiro: estava à minha espera, a presa de que ela se alimenta.

Logo encontrei o que eu queria e não me importei que a carne estivesse crua. O contato gelado e mole na mão. Corri de volta para a Floresta, enquanto a ponta do pedaço de carne balançava com os movimentos do meu braço. Eu segurava com força, os dedos se enterravam naquela massa, em que senti a moleza do barro e a resistência dos fios trançados de um pano grosso.

Lembrei ter subido uma escarpa de rochas até o topo de uma pedra arredondada. Já era noite. Gostei de ver as estrelas que giravam no céu, bem devagar. Uma água mansa carregava tudo lá em cima. Lembrei ter chegado o pedaço de carne bem perto do rosto, dos olhos, e lembrei ter cravado depois os dentes com força, e arrancava pedaços que precisavam ser partidos de novo para que coubessem na boca.

Lembrei como a carne se defendia, não queria se desfazer sob as minhas dentadas. Senti as fibras se soltarem aos poucos, enquanto algumas se enfiavam no intervalo dos dentes. Depois de certo tempo, formou-se um bolo pegajoso, mas uniforme, que fiz descer à força pela garganta. Por dentro, o organismo reagia, queria rejeitar, expelir. A própria carne, eu achei, se agarrava às paredes do meu corpo, no empenho de não ser engolida. Mas eu queria, eu forçava, e um pedaço depois do outro foi deslizando por dentro. Eu sufocava um pouco, arfava e gemia sem perceber. Eu queria, e meu estômago não.

Tenho uma memória dentro da outra. Mas nem uma nem outra lembram como fui para a caverna e como dormi um dia inteiro.

Pode ser que Gregório na verdade não fosse mudo. Talvez seu silêncio fosse uma arma para dominar o tempo. Ele já estava morto havia anos e continuava me dizendo coisas de espantar. O mais surpreendente é que às vezes elas vinham na hora certa. Pois foi naqueles dias, mais ou menos, que peguei numa das estantes um volume da *República*, de Platão, e vi lá marcado para eu ler:

"Mas quando começa o protetor do povo a converter-se em tirano? Não é precisamente quando começa a fazer algo semelhante ao que conta a fábula que sucedeu na Arcádia a respeito do templo de Zeus Lícaios?

— Que diz a fábula?

— Que aquele que misturava as entranhas humanas às de outras vítimas inevitavelmente se convertia em lobo."

Foi só seguir as indicações. Gregório me mostrava o caminho. Em um livro sobre a Antiguidade, a explicação:

"Na montanha Lícaios se promovia um festival em homenagem a Zeus. Durante as festividades, um homem se transformava em lobo e permanecia assim durante nove anos. Essa festa lembra as Lupercalia dos romanos, que se reuniam uma vez por ano na caverna onde Rômulo e Remo teriam sido amamentados por uma loba. Sacrificavam-se cabritos e um cão. Dois jovens eram lambuzados com o sangue dos animais, corriam vestidos com as peles arrancadas dos cabritos mortos e levavam nas mãos tiras de couro desses animais. As mulheres ficavam perto de onde eles passavam correndo, para receberem lambadas dessas correias, que transmitiam fertilidade."

Era estranho. Mas Gregório me mostrava a direção. As histórias formavam elos. As montanhas, as cavernas, a carne. Eu também era um elo.

"Lícaon foi um rei lendário que ofereceu carne humana para Zeus comer. Queria pôr à prova a condição divina de Zeus. Em represália, Lícaon foi morto por um raio e se transformou em lobo."

Tenho procurado nas montanhas a parte de Raquel que elas imitam. Mas não acho nada. Talvez ela estivesse certa quando quis ir embora. Talvez não fizesse mesmo parte daqui.

Raquel desceu muitas vezes ao interior das montanhas, comigo e sozinha, nem sei quantas vezes. De dentro para fora, ela poderia ter imprimido aos rochedos alguma de suas feições. Mas não encontro nada. Às vezes eu tinha a impressão de que os túneis de pedra não a recebiam muito bem. Sua curiosidade de espeleóloga talvez tivesse uma ponta de indiscrição e petulância. Ela quase não fazia barulho, se movimentava com segurança, mas respirava demais, queria mais ar do que as cavernas admitiam.

Eu, no fundo, sempre soube que ela não veio para ficar. Quando a pesquisa terminasse, iria embora. Mas tantas vezes vi Raquel partir para retornar poucas semanas depois que, sem notar, já não acreditava que um dia ela não voltasse mais. Já não acreditava nas nossas despedidas. Apenas uma repetição, um rito: ver o sol poente, deixar para trás um lago temporário, que seca para depois ganhar vida outra vez. Gregório, Simão, Raquel, Timóteo. Os nomes eram eles.

Um dia ela me disse que aquela era sua penúltima visita à Casa e à Floresta. Depois iria para outro país, escrever a tese sob a orientação de um especialista estrangeiro. Ela achava que isso fosse mesmo possível. Passava os dedos no meu rosto com uma espécie de piedade: antecipando-se, ela já experimentava uma lembrança. Tocava as pontas da minha barba por fazer, tateava a cavidade do meu olho, escalava o meu nariz, como se já não existissem. Eu me transformava em um mapa, um diagrama numerado em colunas, guardado entre as pastas de suas pesquisas.

Ela ria, mesmo então. E eu gostava do seu riso mais que nunca, mesmo achando, como sempre achava, que no fundo daquilo havia desprezo e mais desprezo. Hoje revejo seu riso na memória e chego a acreditar em outra coisa. Quem sabe ela ria porque era alegre, e sua alegria era tão sem dívidas com nada que até o desprezo que de fato existia, e que tinha mesmo de existir, acabava virando outra coisa, uma coisa melhor.

De algum jeito, uma parte de mim deve ter previsto aquela situação, pois agi com uma naturalidade rara, no meu caso. Quase sem pensar, como se tivesse ensaiado tudo antes. E no entanto as coisas não terminaram como eu esperava.

Raquel disse que ia embora e na mesma hora respondi que ela não tinha visto ainda o melhor, uma caverna que só eu conhecia. Expliquei que era um segredo que Gregório me deixara de herança. A doze quilômetros, contornando a montanha do sul.

Falei das poças circulares, das fosforescências coloridas, dos animais minúsculos, adormecidos na água. Ela riu, meio zangada. Mas sua alegria transformava tudo.

— Simão! Simão! — Ela dava uns piados de um pássaro nervoso. — Você está me escondendo muita coisa, eu sei, eu sinto.

Isso a desconcertava. Fascinava também. Uma tensão permanente. A sensação de que em mim havia uma rigidez fora do comum, um ponto inflexível a qualquer pressão, um reduto de segredos. Cada vez que Raquel se debruçava para me olhar bem fundo, aquilo se retraía, se fechava. E quando ela me chamava, Simão era mais do que o meu nome.

— Ah, Simão!

E puxava meu cabelo com força suficiente para doer um pouco. Parecia querer me arrancar de dentro de mim mesmo, à força, pela cabeça.

Após três horas e meia de caminhada, chegamos a uma fenda estreita, enviesada, meio encoberta por samambaias que balançavam de leve. Podia dar a impressão de que a caverna respirava. Antes de alcançar o salão principal, era preciso percorrer um labirinto, que eu agora conhecia bem melhor do que na primeira vez em que estive lá, com Gregório. Em lugar de virar sempre à direita, tomei alguns desvios complicados para Raquel não perceber a direção que seguíamos. Ela era, ou queria se tornar, especialista em cavernas. Eu não podia me arriscar.

Durante uns quarenta minutos, avançamos devagar pelos túneis, subindo, descendo. Estávamos quase chegando ao salão. Mais adiante, havia um ponto onde o chão era irregular, escorregadio, poças pequenas ocultavam buracos mais fundos.

Ela era espeleóloga. Eu precisava de mais uma garantia, só o labirinto não bastava. Apaguei minha lanterna, fingi que tinha havido mau contato. Pedi a Raquel que usasse sua lanterna para iluminar a minha, para eu ver qual era o defeito. Ela desviou a lanterna do chão, deu um passo mais afoito e sua perna afundou um palmo num buraco de pedra, conforme eu tinha previsto. Um baque forte, a perna travou, torceu, e ela deu um grito. Na verdade mais forte do que eu tinha previsto.

A luz da sua lanterna deslizou num giro pelas rugas das paredes, pelo teto úmido. Seu rosto contraído lampejou por um momento na escuridão e logo depois se apagou. O facho de luz completou seu giro até a lanterna cair no chão, bem junto à parede. A luz ainda ficou acesa, mas espirrava para os lados, espremida no pequeno espaço que separava a lanterna da parede da caverna.

Eu tinha dito a ela que conhecia bem a caverna, e era verdade. Onde ela pisou, havia vários buracos geminados, iguais aos casulos de uma colmeia. Seu grito ainda ressoava ao longe, pelos túneis. Peguei sua lanterna. Amparei Raquel por baixo do braço e a ajudei a sentar. Não quis olhar sua perna, com medo de que Raquel tivesse se machucado mais do que eu havia planejado. Tentei acalmá-la. Por sua garganta desciam gemidos que me comoviam. Compreendi que nunca tinha visto em Raquel uma expressão de dor ou tristeza. Era estranho. Talvez ela mesma se acreditasse imune a isso.

Fingi ter consertado minha lanterna, segurei também a outra e carreguei Raquel por uns quinze metros. Depois da última curva, surgiu o salão. A luz das lanternas ricocheteou na água das poças circulares, fabricando reflexos que flutuavam pelo espaço amplo, ondulavam à nossa volta. Vi alguns reflexos deslizarem no rosto de Raquel, ainda contraído. Os olhos entreabertos cintilavam na luminosidade frouxa e examinavam o salão.

— Simão! É bonito aqui...

Os reflexos da luz sobre a água batiam na fosforescência das colunas de estalactites. Ali, adquiriam cores novas e voavam então para outras partes da caverna. Não paravam de se movimentar um só instante. No fundo, mais afastado de nós, se destacava a linha diagonal de luz que o sol enfiava lá para baixo, como uma vara, através de um orifício no teto.

Pus Raquel no chão, recostada numa das paredes. Nos meus braços, senti que ela tremia. Calafrios vibravam nas suas costelas. Me pareceu frágil, mal ajustada ao esqueleto. Um ou outro osso mais saliente me alfinetava através da roupa.

Nas minhas mãos em concha, trouxe água de um dos tanques circulares e deixei escorrer num filete sobre sua cabeça. O ruído das gotas na hora em que eu enfiava a mão na água ecoava e enchia a caverna de estalidos. Raquel esticava a língua no canto da boca para apanhar a água que descia na direção do pescoço e depois sumia por trás do pano da blusa. Repeti a operação algumas vezes. Sob o efeito da água, ela pareceu acalmar.

Expliquei que não podia levá-la sozinho de volta. Ela respondeu que iria se apoiando em mim, daria um jeito. Argumentei que o caminho da volta era mais difícil que o da ida, que a lesão na sua perna podia ser mais séria do que ela pensava e que eu não ia demorar a voltar.

Raquel se calou. Sua respiração ficou mais comprida, enquanto minha voz morria nos cantos da caverna. Ela fixou os olhos em mim e em seu rosto vi a dúvida. Os reflexos ainda voavam à nossa volta, cada vez mais devagar. Ela deve ter pressentido alguma coisa, pois escolheu isto para dizer:

— Mas, Simão, assim o seu segredo, esta caverna, vai ficar conhecido dos outros, não é?

Nem sei que cara eu fiz. Demorei, mas respondi:

— Não tem importância.

Carreguei Raquel para perto de um dos tanques circulares. Seus braços enlaçavam meus ombros, sua cabeça voltada na direção contrária à minha. Seu cabelo tocava na minha cara. Ela era leve, a respiração profunda, talvez assustada, a fazia crescer e diminuir junto ao meu corpo. Recostei-a com cuidado na parede. Deixei tudo de que ela precisava bem ao seu alcance. Peguei uma lanterna e fui embora.

Estevão veio até a cozinha dos carnívoros pegar comida para os lobos e me viu ali. Perguntou se Raquel já havia voltado, se não iria ver os lobos essa noite. Respondi que havíamos andado muito, que ela estava muito cansada e que tinha ido direto para o quarto dormir.

Estevão apanhava na mão os pedaços de carne crua, com uma indiferença cheia de deliberação, uma naturalidade em doses medidas. Deve ter tido vontade de saber o que eu estava fazendo ali na cozinha das carnes, mas não perguntou nada. Estevão tinha envelhecido, por trás dos óculos seus olhos pareciam cobertos por um verniz úmido e embaçado.

— O que houve com as suas mãos, Simão? Machucou?

Desde que cheguei aqui, ainda menino, sempre fui um enigma para Estevão. Ele era um homem bom. Quer dizer, parecia temer sobretudo os próprios pensamentos. Não os dos outros.

— Você está aborrecido com os lobos, Simão? Não gosta mais deles? Há muito tempo não vem ver a visita deles na escada. Não tem vontade de jogar comida para os lobos?

Eu estava na sua frente. Inteiro. Na cozinha das carnes. Como Estevão podia não enxergar o que eu era?

Depois de terem comido os pedaços de carne que Estevão lhes oferecia, os lobos vieram ao meu encontro, no fundo do jardim. Dessa vez não pararam, apenas rodaram à minha volta uma vez. O bastante para conferir o cheiro. Fomos juntos, rápidos, eu e eles, para dentro da Floresta. O mato não fazia ruído debaixo dos meus pés.

* * *

Quando voltei à caverna, várias horas depois, o sol ainda não havia nascido. Raquel dormia. Sua cabeça às vezes virava bem devagar, para um lado e para o outro. Dava a impressão de estar boiando. Flutuava no sono, sem afundar. A pele parecia mais pálida, o suor minava dos poros e escorria pela testa, pelas bochechas. A intervalos, de sua boca saíam sílabas sem sentido. Ela estava esvaziando. Não ia precisar mais daquilo.

Com um pano molhado, refresquei sua testa, seu rosto. Estava quente. Na fresta dos lábios, vi a brancura dos dentes enfileirados, o osso por trás da carne. Algum tempo depois, ela acordou. Olhou para mim. Estendeu a mão procurando a minha. Um tremor nos dedos.

— Simão, trouxe alguém para ajudar?

Expliquei que era tarde, que havia faltado luz na Casa, que eles precisavam de mais tempo para se organizar, que estavam preparando tudo e viriam logo, num grupo. Comentei que a caverna era boa: a água, o ar, as cores. Era fresca. Disfarcei a voz com uma entonação meio de brincadeira e, num tom de descoberta, sugeri que se podia viver ali durante bastante tempo, protegido do sol e da chuva, do frio e do calor, dos inimigos. E disse que podíamos sair só à noite, quando a Floresta era mais fresca, repleta de vida e de alimento.

Olhos bem abertos, fincados em mim, Raquel tentava enxergar meu segredo. Ou então viu muito bem qual era ele e não conseguia acreditar. Eu não desviei o olhar. Me ofereci à sua busca sem medo de nada. Ela precisava saber, tinha de acreditar. Mas não era coisa que se dissesse, que se pudesse dizer nem entender de uma vez só. Havia tempo, eu pensava.

Fiz Raquel beber água, beber leite, tentei fazê-la comer algumas frutas do mato, mas ela deu só duas ou três mordidas sem ânimo. Eu trouxe bastante comida para ela. Raquel deve ter visto o pedaço de carne crua, sem entender naturalmente a razão, mas não perguntou nada.

Notei, de relance, que ela havia rasgado tiras da roupa para fazer um curativo na perna ferida. Desviei os olhos. Mas através dos rasgos do tecido vi que a pele de Raquel tinha um brilho escuro, molhado.

— Simão, quando você voltar me arrume uma bengala, um pedaço de pau, qualquer coisa para eu me apoiar, está bem? Procurei, mas aqui não tem.

Respondi que sim, claro, que não se preocupasse. No íntimo eu sabia que ainda não podia fazer isso. Ela estava bem enfraquecida. Mesmo assim era um risco que eu não queria correr. Tempo, eu precisava de tempo.

A voz de Estevão me acordou. Porém só a reconheci um pouco depois. Eu estava na biblioteca, mas também só fui entender isso um pouco depois. A primeira coisa que vi foi um céu cinzento-azulado, o peso das nuvens, uma árvore grande sacudida pela ventania. Na frente da árvore, um velho corpulento em luta com uma moça que tinha asas nas costas. Tudo isso a dois ou três dedos do meu olho. Tudo isso estava parado. Uma pintura. Um livro aberto embaixo dos meus braços cruzados, em cima dos braços minha cabeça repousava. Eu tinha dormido ali, na biblioteca, em cima do livro.

— Onde está Raquel, Simão?

Estevão queria saber. Disse que ela não estava no quarto, não havia tomado café da manhã. As arrumadeiras garantiram que Raquel não tinha dormido no quarto.

Me fiz de espantado, mas não muito. Nenhuma preocupação na voz. Lembrei que ela disse que gostaria de fazer algumas pesquisas noturnas também. Com certeza tinha ficado nas cavernas desde o dia anterior.

— Sabe, Estevão, essa moça gosta mais das cavernas do que daqui ou de qualquer outra casa. Um dia vai acabar morando numa caverna. Garanto a você.

Estevão percorreu a biblioteca, devagar, sem tocar em um só livro. Notei que evitava se aproximar das estantes além de um certo limite. Andou assim um tempo, ao lado das prateleiras, sem dizer nada. Observava também as paredes, as mesas, a janela, como se fosse a primeira vez. Estevão. Seu medo agora era visível. E enxergava longe. Ele enxergou mais na biblioteca do que em mim. Tão grande era a confiança que ele tinha nas pessoas.

Mais tarde ele voltou, dizendo que Timóteo estava a caminho. Todos estavam preocupados com a moça. Aquela situação não era normal. Vinham também outras pessoas dispostas a formar equipes de busca.

Fui para o fundo do jardim esperar os lobos. Faltavam poucas horas para a sua visita, fiquei ali num canto, escondido, deitado. Via as nuvens que deslizavam atrás da grade dos galhos, o azul do céu encorpado, a massa que podia descer e esmagar tudo, se quisesse.

Anoiteceu. Apesar da confusão com o sumiço de Raquel, os lobos vieram e Estevão lhes deu o que comer. Depois, os lobos vieram ao meu encontro e partimos juntos para o interior da Floresta. O silêncio dos nossos pés era um só. Roçando nas pedras do chão, na terra seca ou lamacenta, minhas mãos e meus pés eram também, os quatro, uma coisa só.

Onde ela estava? Quando cheguei ao salão principal da caverna, não encontrei Raquel onde a tinha deixado. Os reflexos voavam à minha volta pela câmara vazia, mas dessa vez com uma vivacidade incômoda. Eu achava difícil que Raquel tivesse encontrado a saída, e por todo o caminho da Casa até ali não tinha visto nenhum sinal dela, não tinha sentido o cheiro da sua passagem. Apaguei minha lanterna que, ao ir embora, eu tinha deixado na entrada da gruta, no meio das samambaias, e observei se alguma luz da outra lanterna vinha das diversas portas que saíam do salão. Agucei os ouvidos à caça de algum ruído nos túneis. No silêncio da gruta, até a respiração de Raquel seria perceptível, caso ela não tivesse se afastado demais. E com a perna ferida não podia ter ido longe.

Não havia luz nem ruído. Baixei mais a cabeça, observei o chão de perto. Raquel tinha deixado sua mochila, seu equipamento, a comida. Peguei no chão e abri e fechei o grampo enfeitado com que ela prendia o cabelo. Fiquei com o grampo na mão bem fechada. Procurei algum vestígio do caminho de Raquel. Seu pé arrastava e vazava sulcos na terra. Porém logo adiante a terra era substituída por lajes de pedra, onde não se via mais nenhum sinal de sua passagem. Os reflexos da água voavam em volta, meio que riam de mim.

Não sei por quanto tempo percorri o labirinto de túneis. Não sei quantas vezes rodei e voltei aos mesmos lugares, como Raquel também devia ter feito. Eu não estava perdido, mas tentei imitar os passos de alguém perdido, tentei me perder como Raquel devia ter se perdido. Não chamei por ela, não fiz barulho nenhum, com medo de assustar. Num certo ponto, uma lufada de ar que desceu de um buraco na parede trouxe o fio de um cheiro que podia ser dela. Tentei seguir o fio, refazer o caminho do ar. Meu nariz aspirava demoradamente, puxava Raquel na memória. Um carretel, a linha de volta.

Cheguei a um ponto onde o caminho se estreitava, subia ao lado de um declive cada vez mais íngreme, e subia cada vez mais, até que a faixa de pedra para se caminhar era pouco mais do que uma ruga, uma cicatriz saliente na rocha. Apontei a lanterna para baixo e a luz se perdeu na escuridão, onde o declive parecia afundar indefinidamente. No início, não quis aceitar o pior. O fio do cheiro de Raquel vinha lá de baixo. No declive de pedra, logo reconheci sinais de sua descida, pequenos riscos escuros.

Não sei quanto tempo procurei um caminho melhor para descer. Nervoso, sem fôlego, imaginei o esforço dela na tentativa de se segurar em alguma coisa enquanto caía, no início devagar, depois mais rápido.

Ela estava lá embaixo, largada, em desordem, coisas partidas por baixo da pele. Pus sua cabeça em meu colo, afastei mechas de cabelo embolado que cobriam o rosto. Os olhos estavam fechados. Procurei na sua boca meio aberta algum ar, algum movimento. Senti que ela havia ficado pesada, mole demais.

O foco da lanterna correu pela sua pele, mostrou esfoladuras. Mexi a cabeça de leve para um lado e outro. Meus dedos deslizaram pela sua cara, pelos sulcos dentro da concha da orelha, nem sei para que fiz essas coisas. Vai ver eu sonhava encontrar, numa reentrância da carne, algum resto, alguma promessa. Tentei realinhar o corpo, os braços, as pernas, de modo que pelo menos ficasse bem deitada ali no fundo. Coloquei o grampo de cabelo de volta nas mechas. Pus a lanterna acesa de um lado da sua cabeça e deitei do outro lado.

Olhei para ela assim de perto, de perfil, um pouco de baixo, contra a luz que estampava sua silhueta em uma linha de sombra. Parecia relaxada, de algum modo suas feições haviam se suavizado. Vi que Raquel já era um pouco de pedra. Era assim que as montanhas a mostrariam, se um dia desenhassem seu perfil contra o céu. Quem sabe era assim que Raquel ficaria, se tivesse morado comigo nas cavernas. Ela não parecia mais rir de mim agora.

* * *

Homens e cachorros. Quanto barulho eles fazem ao andar na Floresta. Agora não param, dia e noite. Me cercaram num canto da mata, entre rochas altas, de onde acham que não posso sair. Para mim é difícil escrever. O atrito com as pedras e a terra formou crostas e calos em minhas mãos, que não deixam os dedos se mexer como antes. O caderno está no fim, não vou ter mais onde escrever. Ainda tenho muitas coisas para contar sobre Gregório, sobre a Floresta, sobre os lobos que estavam comigo e agora se foram também, assustados. Só agora percebo que falei muito mais de Raquel do que do resto. Já nem entendo por quê. Não era isso. Quando comecei, tinha outra coisa em mente. Seria fácil. Estava bem claro. Podia dar certo. Por que não me deixam ficar aqui sozinho, para tentar de novo?

A terceira vez que a viúva chorou

A certa altura, o hospital começou a dividir sua vida em capítulos, que os médicos pensavam abrir com os bisturis e fechar com as ataduras. Mas nunca era só isso, não eram os médicos que comandavam. Daquela vez, Cabral não chegou a se aborrecer quando o médico disse que era melhor se internar para operar a hérnia. De fato ela o incomodava e ele não tinha medo de pequenas cirurgias. Hérnia poderia ser o nome desse novo capítulo. Mas Cabral logo ia perceber que isso seria uma injustiça com um homem chamado Antônio.

Já na primeira manhã que passou na enfermaria, Cabral foi atraído pela presença de Antônio. Mais do que a agitação e a ânsia de sacudir o marasmo do dia a dia, ele percebeu em Antônio um ímpeto, quase uma sede de desastre. Aos olhos de Cabral, havia naquele português de cinquenta e cinco anos o fascínio das pessoas que se divertem em desafiar a sorte. Cabral era quase vinte anos mais velho do que o seu colega de enfermaria e acreditava agir de modo bem diferente.

Antônio foi internado por causa de um mal-estar de diagnóstico ainda impreciso. Podia ser próstata, podia ser rim, podia ser muita coisa. Embora ele se queixasse da incerteza, Cabral logo entendeu que a dúvida dos médicos fazia Antônio vibrar por dentro. Aquilo de algum modo multiplicava suas possibilidades.

Lá de vez em quando um dos quatro filhos de Antônio o visitava na enfermaria. Trazia peras e revistas de palavras cruzadas. Antônio não vivia mais com os filhos e a esposa. Deixou para eles uma espécie de armazém, uma casa para morar e partiu sozinho para tentar outra vida. Depois sentiu-se solitário, conforme explicava aos companheiros de enfermaria, num tom de voz que forçava um pouco o desânimo. Mas, ao ouvir aquelas palavras, Cabral pressentia um temperamento indócil, incapaz de ficar parado.

O fato é que Antônio sentiu-se tão solitário que pôs um anúncio nos classificados do jornal. Comerciante português, maduro, sozinho, bem estabelecido na vida etc. Assim conheceu uma mulher com quem passou a sair. Mas depois que Antônio se internou, ela o visitou poucas vezes. Sempre pedia dinheiro. Já no segundo dia que Cabral passou no hospital, Antônio se abriu com ele: desconfiava da fidelidade da mulher.

Com a satisfação de quem sabe admirar a lógica das coisas, Cabral entendeu que aquela desconfiança era inevitável. Era uma parte do mesmo impulso que fazia Antônio olhar meio na diagonal para as pernas das moças que passavam desinfetante no chão da enfermaria. Ou para a viúva que todo dia vinha cuidar do enteado paralítico, na enfermaria em frente. Mas aquela viúva se achava mais distante, numa esfera mais elevada, suspensa numa espécie de abstração.

Antônio só podia ver a viúva nos intervalos em que a porta de vaivém da enfermaria em frente abria, para logo depois fechar de novo. A silhueta firme, sempre ao lado da cama do enteado. A porta ia e vinha na ondulação da mola, convidava e depois repelia o olhar de Antônio com uma espécie de tapa. O vidro fosco da porta com a palavra *Silêncio* em letras vermelhas o empurrava para fora outra vez.

Problemas de pressão atrasaram a operação de hérnia de Cabral, mas isso não o chateou. Quase nunca sentia dor e o hospital oferecia prazeres incomuns, fruto da limitação dos movimentos e até da inatividade. Para alguém como ele, seria um desleixo desperdiçar esses prazeres: eram às vezes coisas simples demais, como a noite e o silêncio.

Do seu leito, à medida que escurecia, Cabral podia acompanhar o silêncio que descia nos corredores, nas escadas, nos jardins do hospital. Procurava uma posição melhor na cama, fechava de leve os olhos e se imaginava andando em silêncio pelo chão de mármore das enfermarias do prédio centenário.

Havia vários leitos vazios na enfermaria, o que deixava o ar mais leve e os enfermeiros mais bem-humorados, sobretudo de manhã. Ao mesmo tempo, isso reduzia as tosses, os roncos e os gemidos que nesses lugares costumam perturbar as noites. Numa noite, Antônio começou a mexer-se para um lado e para o outro na cama. Arrancava rangidos dos ferros embaixo do colchão. Cabral perguntou se havia alguma coisa errada.

— As cartas... Elas começam a chegar amanhã.

E acenou para Cabral com um jornal. Cabral esticou o braço, pegou o jornal, viu que estava dobrado em quatro, numa página dos classificados, mas não conseguia ler no escuro da enfermaria. No alto da parede, uma pequena lâmpada vermelha brilhava ao lado de um santo com um carneiro a seus pés. Cabral se levantou e aproximou o jornal daquela luz. Com certa dificuldade, viu que Antônio pusera de novo o mesmo anúncio no jornal: comerciante português, maduro, solitário, bem estabelecido na vida etc. O endereço era uma caixa postal.

Antônio explicou que dessa vez o objetivo não era conhecer

outra mulher, mas testar a fidelidade da sua. Teve certa vergonha da ideia e por isso ainda não havia contado nada para o colega. Cabral, no entanto, admirou a sabedoria daquele sistema simples, baseado na repetição e na aposta. Admirou a teimosia com que Antônio vigiava, de longe. Admirou a coragem e a insensatez de Antônio.

De manhã, vieram os médicos. A operação de Cabral ainda ia demorar, disseram. Perguntaram se ele não queria passar o fim de semana em casa e Cabral respondeu que estava muito bem no hospital. Estava acostumado a dizer certas coisas só para agradar aos outros, mas dessa vez ficou satisfeito de poder falar a verdade. Queria continuar perto de Antônio. Com uma mistura de inveja e compaixão, Cabral pressentia que seu colega estava prestes a arrancar da vida uma cor mais forte, uma nota mais aguda.

Antônio deu uma gorjeta à faxineira e pediu que na tarde seguinte, antes de vir para o hospital, ela passasse no correio e apanhasse as cartas na caixa postal. Assim, às dezoito horas, logo depois do jantar, a enfermeira veio lhe entregar algumas cartas. Enquanto anoitecia, Antônio abriu uma por uma. No silêncio da enfermaria, o papel crepitava, enquanto ele desdobrava, lia e enfiava as cartas de volta nos envelopes. As folhas emitiam sons diferentes: às vezes alegria, às vezes irritação. A penúltima carta era da mulher de Antônio.

Ainda não foi daquela vez que Antônio chorou. Só um ou dois soluços cortaram suas queixas, enquanto ele sacudia a carta na direção de Cabral. Às oito e trinta trouxeram o café com leite e as bolachas, que Antônio esfarelou um pouco sobre o lençol e mastigou sem vontade. Em seguida, apagaram as luzes e Cabral achou que seu colega dormiu rápido demais para alguém tão desiludido.

Mas não era verdade. Não era ainda a desilusão. Antônio tinha encontrado um jeito de conservar a dúvida e Cabral foi obrigado a admitir que isso era coerente com o seu sistema: a certeza limitava as experiências, reduzia as expectativas. A dúvida, por mais absurda, representava sempre uma chance de multiplicar. Um meio de alongar o tempo, alargar o espaço. Isso ficou claro no dia seguinte, quando Antônio recebeu a visita de um amigo.

Nada foi planejado. A ideia deve ter irrompido de repente na cabeça de Antônio, no entusiasmo de um aventureiro: o gosto de levar as coisas às últimas consequências, a impertinência de quem pretende desmascarar o mundo. Aquilo mesmo que atraía e assustava Cabral.

Comerciante português, maduro, aquele amigo de Antônio coincidia com a descrição do anúncio, e não podia ter escolhido um dia melhor para fazer sua visita. Do seu leito, Cabral acompanhou o tom melancólico com que Antônio narrou ao amigo o que havia acontecido e depois o tremor de algum tipo de alegria quando explicou a ele sua nova ideia. O amigo deveria procurar a mulher, fazer o papel do português maduro e solitário do anúncio e ver o que acontecia.

Ver o que acontecia. Cabral lembrou-se dos médicos heroicos de eras passadas, que inoculavam em si mesmos os vírus da peste a fim de conhecer melhor seus efeitos. Naquele mesmo dia, os médicos vieram avisar. Uma reviravolta na agenda do cirurgião. A operação de Cabral seria realizada na manhã seguinte. Os colegas de enfermaria — poucos — arrastaram seus chinelos pelo piso de borracha e vieram lhe dar parabéns, desejar boa sorte. O mesmo fizeram alguns enfermeiros mais afáveis. Cumprimentavam Cabral como se fosse o seu aniversário, ou como se tivesse tido um filho. Uma hérnia, uma bobagem. Cabral não se lembrava da última vez que se sentira tão pequeno, tão insignificante ao lado de outra pessoa, como se achava agora em comparação com o atrevimento de Antônio.

Um dos remédios que lhe deram à noite deve ter sido um calmante, pois seu sono foi de lodo e água turva. Serventes, enfermeiros, a todos Cabral tratava com a maior simpatia possível. Dobrava o dinheiro e, com discrição, enfiava no bolso dos aventais e jalecos. Sabia que nada tinha a ganhar se irritando com eles. À tarde, ao voltar da sala de cirurgia, Cabral se sentia ainda grogue. De olhos fechados, deitado na maca que veio deslizando pelos corredores, Cabral acompanhara o movimento suave das rodinhas de borracha, os minúsculos trancos quando elas venciam os ressaltos do piso a intervalos regulares.

Colocado enfim no seu leito, preferiu ficar de olhos fechados. Apenas entreabria as pálpebras de vez em quando, para verificar se Antônio ainda estava ali. Foi uma tarde de sonolência. A superfície do lençol e da fronha estendia seu toque macio e calmo para além da cama, para além da enfermaria e do jardim. O mundo perdera sua dureza. Não tinha força para afastar o sono, nem vontade.

Mas foi só naquela tarde. O dia seguinte foi o dia de Antônio chorar. Seu amigo português telefonou. Contou que a mulher entrou no seu carro novo e nem foi preciso jantar, tinham ido direto para um motel. Ela parecia até saber o endereço. O amigo disse: "As mulheres são assim mesmo", ou um lugar-comum da mesma espécie, algo que não podia nem arranhar a confiança de Antônio. Não se tratava da confiança naquela mulher em particular, ou em todas, e sim de uma fé que se estendia e se abria por cima de tudo, em linhas vagas que só ele conseguia ver. Antônio não cabia no retângulo da enfermaria. No entanto, de algum jeito, parecia estar confortável ali.

Chegou à conclusão de que era preciso escrever uma carta. Tratava as coisas com esse tipo de respeito. A solenidade do documento, do escrito. Queria uma carta que fizesse a mulher chorar, explicou a Cabral. Este leu a carta que o amigo tinha escrito e viu timidez, indecisão, pudor com as palavras. E não viu ninguém chorando.

Sugeriu mudanças, ênfases, sequências de exageros que não deixassem tempo para respirar, palavras que fizessem tremer as pedras e acordassem os mortos. Decepção, desilusão, traição e honra. Cabral incumbiu-se de fazer uma nova carta, se empolgou no curso da tarefa. Meio rindo em sua cama da enfermaria, ainda com os pontos sensíveis e o curativo úmido, deixou-se arrebatar, não se viu tolhido por escrúpulos, pela cerimônia, pela descrença. Traição era pouco: dupla traição. A mulher e o amigo.

Antônio vibrou. Chegou a sorrir e ficou claro que a carta havia se tornado uma desforra gloriosa. O preço da sua dor havia sido pago. Sim, dupla traição. Não importava que o amigo que tomara o seu lugar lhe tivesse feito um favor e que os dois, na verdade, continuassem amigos.

O esforço da carta ou o cansaço da operação recente deixaram Cabral sonolento pelo resto do dia. Mesmo enquanto dormia, sabia que a carta seria enviada naquela mesma tarde. Sabia que a porta de vaivém da enfermaria em frente de vez em quando mostrava a viúva, que continuava ali e fazia o que podia pelo enteado. Cabral ainda não podia saber é que Antônio, dias antes, tinha ido até o leito do rapaz paralítico, quando a viúva não estava lá. Depois disso, Antônio conversou com o rapaz outras vezes, ganhou sua simpatia. E os dois falavam sobre a viúva.

Na manhã do dia seguinte, Cabral se surpreendeu com outra carta que Antônio lhe mostrou. No mesmo instante, uma enfermeira chegou com um maço de cartas para Antônio, ainda respostas ao seu anúncio que, por força do contrato, ao que parece, continuou a ser publicado no jornal mais uns dias. Cabral viu Antônio pôr de lado os envelopes, junto com outros, que haviam chegado no dia anterior. Por brincadeira, as serventes e enfermeiras já o chamavam de "o homem das cartas".

Cartas chegando, cartas partindo. Cabral aprovou com entusiasmo a nova audácia de seu colega. Incansável, Antônio parecia atiçar as forças que dominam os dias para mais um confronto. Pediu a Cabral que o ajudasse a melhorar a nova carta, dessa vez endereçada à viúva.

— "Acho Aldina um nome bonito" é uma maneira muito antiquada de começar uma carta desse tipo. Muito cru — comentou Cabral. — Puxa, você quer impressionar a mulher, remexer alguma coisa dentro dela. Uma viúva não é uma donzela com espinhas na cara.

Antônio disse que sim, você tem razão, vamos encontrar outro jeito.

Era hora de se revelar, sem se expor demais. Um sentimento forte, mas contido pela admiração. Energia, paixão até. Vestígios de algum impulso primitivo, a sombra de um perigo. Tudo sob o controle do respeito, da maturidade, da firmeza de um homem bom e sério. Frases curtas, mas não secas. Expressões simples, e nem por isso tolas. Imagem da moderação, da sobriedade. E afinal não chegava a ser mentira. Pelo pouco que conhecia do colega, Cabral sabia que Antônio, em boa parte, podia se encaixar naquele modelo.

Rascunhada, emendada, refundida, a carta ia definindo sua fisionomia. Adquiria solidez, ganhava corpo e sombra. Antônio sentara numa cadeira ao lado da cama de Cabral e dos cochichos trocados pelos dois colegas foi nascendo o clamor daquela carta. Uma vez pronta e passada a limpo duas vezes pelo punho um pouco trêmulo de Antônio, a questão seria como fazer o envelope chegar às mãos da viúva Aldina. Antônio não queria ser visto entregando a carta ao rapaz paralítico. Já havia mexericos demais nas enfermarias. Cabral sugeriu uma gorjeta. Assim, uma das serventes deixaria a carta com o enteado e ele a entregaria à viúva.

69

Na manhã seguinte, bem cedo, a porta de vaivém da enfermaria em frente abriu e fechou para Antônio, que, deitado, entreviu que o rapaz paralítico acenou para ele com o único braço que se mexia. Tinha o envelope bem seguro na mão. Logo depois, o vidro fosco, a palavra *Silêncio* escrita em vermelho.

O silêncio foi a forma que tomou aquela expectativa concentrada. Cabral via Antônio vagar inquieto entre os leitos da enfermaria, debruçar-se nas janelas enormes do prédio centenário, vasculhar o céu e a terra, sem que os olhos se detivessem em nada.

— Ela já veio?

Só interrompia o silêncio para repetir a mesma pergunta a Cabral. Já veio? Não, não tinha vindo. Naquele dia, souberam depois, a viúva Aldina só viria à tarde.

Àquela altura, o médico já avisara a Cabral que ele teria alta no dia seguinte. Junto com a satisfação normal nesses casos, a notícia trouxe uma espécie de melancolia. Cabral conhecia a sensação: a decepção das histórias deixadas em suspenso, interrompidas no auge. Um prazer incompleto, mas que assim, de certo modo, podia durar mais do que uma satisfação levada até o fim.

— Chegue sua cadeira um pouco para o lado de cá, para eu poder ver a porta.

Assim Cabral pediu, se dirigindo a um sobrinho que tinha vindo visitá-lo naquela tarde. Cabral tinha acabado de resumir para ele a história de Antônio. A viúva havia chegado pouco antes. Plantado na janela, de costas para Cabral, Antônio nada queria ver. O sol ardia de fora para dentro. A luz chegava a latejar no espaço, e olhar para Antônio, ali imóvel, era como ver, com a luz por trás, um santo em seu nicho.

O sobrinho moveu a cadeira para o lado e viu os olhos de Cabral procurarem disfarçadamente, atrás dos óculos, alguma coisa por cima dos seus ombros. A porta de vaivém abriu uma vez e Cabral viu o enteado paralítico erguer o envelope e entregar para a viúva.

— Ele deu a carta para ela — cochichou Cabral para o sobrinho, voltando em seguida os olhos para Antônio, imóvel na janela, de costas, contra a luz. No piso de borracha, sua sombra formava uma espécie de poça escura, que crescia à medida que o sol ia descendo.

A porta de vaivém voltou a abrir e Cabral viu a silhueta da viúva.

— Ela abriu o envelope... Vai ler a carta agora.

Aquela porta brincava com eles. Vai e vem. Cegava-os com o vidro fosco, calava-os com o *silêncio*.

Assim ele viu a viúva dobrar a carta e guardar o envelope na bolsa. Da janela, Antônio acompanhava os cochichos do colega ao narrar o que via. No dia seguinte, depois do almoço, Cabral foi para casa e, até ir embora, a viúva não mandou nenhum sinal. Antônio falou pouco e parecia já pensar em outra coisa.

Quatro meses depois, Cabral voltou a se internar. Depois da hérnia, a próstata. Os médicos achavam que quatro meses eram o bastante para um homem de setenta e cinco anos. Cabral não ficou chateado. Quando chegou à enfermaria e reencontrou Antônio ali, experimentou uma surpresa, uma alegria confusa, meio culpada, pois sabia que, para o amigo, o melhor na verdade era estar em casa.

Antônio lhe explicou que logo estaria em casa. Semanas atrás, tinha voltado ao hospital com dores no coração, a verdadeira origem de seus problemas. Acabaram fazendo uma cirurgia de ponte de safena e ele estava agora em fase final de recuperação. Cabral achou-o mais manso, uma placidez de derrota. Efeito de

71

algum calmante, talvez. Ou da melhor circulação do sangue. Mas era o mesmo Antônio. O mesmo sangue.

Assim, no dia seguinte, Cabral viu com surpresa a viúva Aldina entrar na enfermaria e ir direto para onde estava o leito de Antônio. Entregou-lhe uma flor, que ela mesma pôs num copo, e um santinho que pegara na capela do hospital. Disse a ele algumas palavras de ânimo, com uma voz macia, que retinia com seu sotaque português. Em seguida, saiu. O enteado paralítico permanecia na enfermaria em frente.

Cabral esperou que Antônio se manifestasse. Esperou que ao menos lhe dirigisse um olhar significativo. Mas nada disso aconteceu. Antônio persistiu naquela paz meio química. Uma faxineira veio passar desinfetante no chão e Antônio quase não olhou para ela.

Passados uns trinta minutos, Cabral se aproximou da cama de Antônio e perguntou se era a primeira vez que a viúva o visitava. Não era. Tinha vindo já "umas três vezes", respondeu Antônio, como se não valesse a pena contar as vezes. Como se os números fossem cansativos. Ela sempre trazia uma flor e um santinho.

— Mas, então, o que você está esperando?

O espanto de Cabral era sincero. Afinal, a carta em que Cabral havia se empenhado tanto tivera sucesso. Ele tinha visto a viúva ler a carta e depois guardar na bolsa. Deve ter relido em casa, quem sabe até várias vezes. Quem sabe com a respiração levemente agitada, as mãos transpirando um pouco. Agora, meses depois, Antônio estava de volta à mesma enfermaria e a viúva dava um sinal de modo bem claro. Era a vez de Antônio se mexer.

— Mas o que eu vou fazer?

Cabral intuiu que seu colega havia adquirido um traço novo. Uma certa desconfiança da vida — aquilo que para alguns era prudência e para outros era estupidez. Em todo caso, Antônio parecia pressentir algum perigo e buscava refúgio se fazendo de morto.

Cabral disse a si mesmo que era preciso reanimar o amigo, revigorar seu velho espírito de aventura. Queria ver Antônio tentar as proezas e correr os riscos que, no seu lugar, Cabral consideraria impensáveis, ridículos. Não se conformava em ver uma história que tanto prometia parar no meio do caminho por simples falta de ânimo. Por falta de um leve empurrão. Ainda mais quando o final parecia tão próximo. Cabral, talvez por uma distração, não se perguntava o que seria esse final.

Resolveu refletir um pouco. Sua operação de próstata estava marcada para o dia seguinte. Dessa vez, não teria muito tempo. À noite, quando as luzes foram apagadas, apenas uma lâmpada vermelha reluzia ao lado do santo no alto da parede, com o mesmo carneiro encolhido a seus pés. Nesse momento, Cabral foi se sentar junto do leito de Antônio.

Era preciso incitar o amigo, recorrer à persuasão. Cabral começou a cochichar seu plano. No ar da noite, sua voz tocava o silêncio com cuidado para chegar macia aos ouvidos de Antônio.

Dali a poucos dias, Antônio teria alta. Mas durante algum tempo ainda seria necessário vir ao hospital toda semana, uma ou duas vezes. Sabiam disso. Antônio morava muito longe, precisava tomar um trem e um ônibus para chegar ao hospital. Nas suas condições, seria bastante penoso.

— É verdade. Mas não tem jeito. O que eu posso fazer?

— Você explica a ela a situação, fala como o trem sacode, como o ônibus vem cheio. Fala do calor, do cansaço de viajar em pé, mas sem exagerar, só para dar uma ideia. E depois você faz o seu pedido.

— Mas o que eu vou pedir, homem?

— Veja bem. Ela é viúva. Mora sozinha. O enteado continua no hospital, coitado, a gente sabe que ele não tem mais jeito.

Em suma, Antônio devia deixar claro que não pediria aquilo se não estivesse vendo que a viúva era uma mulher de bom coração. Que cuidava do enteado como se fosse o próprio filho. Que ela animava outros pacientes das enfermarias e tratava a ele, Antônio, com toda a atenção, procurava saber do seu estado e da sua melhora.

Verdade. Tudo verdade. Enquanto argumentava, Cabral ainda se surpreendia ao ver, mais uma vez, como a verdade era dócil, como ela se deixava conduzir a qualquer lugar.

A viúva morava sozinha. Talvez tivesse um quarto vago no apartamento dela, um quarto onde Antônio pudesse ficar, só nas primeiras semanas, até se sentir mais forte para enfrentar as viagens de trem e ônibus até o hospital.

— Você deixa bem claro que sabe que está pedindo muito, mas que não faria isso se ela não fosse uma mulher extremamente caridosa, uma pessoa rara, a quem todos admiram. Que ela não precisa ficar acanhada em recusar, pois você sabe que está pedindo uma coisa bastante fora do comum. E entende muito bem que há sempre um certo incômodo em ter outra pessoa na casa da gente.

Pela respiração mais lenta, mais grossa, Cabral sentiu que a paz rachava dentro de Antônio. Ele se ajeitou na cama, mexeu o corpo para um lado e outro, como se precisasse acomodar melhor o novo peso que sentia. Os ferros da cama soltaram pios iguais aos dos morcegos lá fora.

— Será? Não vai haver escândalo?

— Tenta, Antônio. Tenta. Você não tem nada a perder. O pior que pode acontecer é ela dizer que não, que não aceita, não quer. Ela ainda pode mudar de ideia depois. De um jeito ou de outro, você vai mesmo para casa daqui a alguns dias, não vai?

Deu três tapinhas na mão de Antônio e foi se deitar. Adormeceu com a esperança de que, pela manhã, enquanto estivesse sendo operado, seu colega estaria de volta ao estado de inquietação e expectativa que era, afinal, sua forma favorita de viver.

Mas a ideia ainda precisava de tempo para amadurecer no espírito de Antônio. Tempo para ele reagrupar suas forças e restabelecer sua fé. Cabral sabia disso também. E no dia seguinte, no final da tarde, de volta à enfermaria, Cabral, ainda meio sonolento, viu a enfermeira entrar com dois envelopes na mão e perguntar:

— Onde está o homem das cartas?

Por incrível que fosse, o anúncio de Antônio continuava a receber algumas respostas. Assim, deitado e mole, ressentindo-se ainda da cirurgia, Cabral ficou satisfeito ao ver Antônio receber os envelopes com uma animação, com um interesse que não coincidiam exatamente com as mulheres que haviam remetido aquelas cartas. Abrangia mais do que esta ou aquela pessoa. Estendia linhas vastas demais para formar uma figura, um rosto que se pudesse reconhecer.

Mesmo assim, naquele momento, sem dúvida alguma, tudo se corporificava na viúva Aldina. Antônio estava feliz de novo. E Cabral, talvez para se consolar das dores da cirurgia e do incômodo da sonda, adormeceu contente, convencido de que fizera uma boa ação.

Todas as tardes eles viam a figura da viúva na enfermaria em frente. O enteado parecia pior, mais fraco. A viúva, cada vez mais zelosa. Aquela história ia chegando ao final.

Ao longo dos dias que Cabral passou na enfermaria, Antônio o procurou várias vezes para trocar ideias. Ao conversar com o colega mais idoso, Antônio buscava fortalecer o próprio estado de espírito, a própria confiança. Tentava consolidar a estratégia do pedido que faria à viúva, queria prever as ramificações que aquele assunto poderia desenvolver.

Pelo menos, era nesses termos que Cabral o instruía. No íntimo sabia que cálculos e táticas eram coisas estranhas à natureza do seu colega. Ambos só tinham palavras colossais para se referir à viúva e, embora nenhum dos dois a conhecesse direito, a mulher num instante se transformou em heroína. Cabral e Antônio não comentavam o assunto, mas viam que o enteado afundava dia a dia nas dobras dos lençóis, sumia na espuma do travesseiro.

Seis dias depois, Cabral teve alta, só que dessa vez o capítulo do hospital deu um jeito de enfiar uma página extra, forçar uma frase no capítulo seguinte, o capítulo da vida normal, doméstica. Três semanas mais tarde, já em casa, Cabral recebeu um telefonema. Era Antônio. Estava ligando da Tijuca, onde a viúva tinha dois pequenos apartamentos no mesmo prédio. Alugava um e morava no outro.

— Olhe, deu tudo certo, viu? Conforme você disse. Mas eu já não estou aqui por caridade, não. Estamos vivendo juntos.

Cabral fez questão de dar os parabéns, ciente de que uma parte da conquista cabia a ele mesmo, mas também ciente de que as consequências cabiam apenas a Antônio.

Conversaram sobre a saúde dos dois, a recuperação de Antônio. Só depois de desligar o telefone Cabral lembrou que não tinha perguntado sobre o enteado.

O enteado, afinal, havia morrido. Sem mágoas. Foi o que Cabral soube no ano seguinte, quando voltou a se internar no hospital, dessa vez, sim, com problemas no coração. Cabral foi instalado em outra enfermaria, menor, no primeiro andar. No alto da parede, agora, contemplava uma santa, de cujo corpo só se viam as mãos e o rosto. O restante eram dobras de pano, esculpido em madeira ou gesso, que desciam em linhas retas. A boca, um pouquinho aberta, parecia querer dizer alguma coisa, sem conseguir. Ao lado dela, uma lâmpada vermelha ficava acesa a noite inteira.

O médico o proibiu de ficar andando pelo hospital e lhe receitou um calmante que agia como um chumbo atrás do pescoço. Isso até resolverem o que fazer com ele. Não importava: a paciência nunca foi um problema para Cabral. Um pouco de curiosidade, um pouco de comiseração, Cabral observava a movimentação dos médicos em volta como se não lhe dissesse respeito. Sabia que a qualquer momento bastaria dizer uma palavra, assinar um documento e ir embora, e todos o deixariam em paz para acontecer o que devia acontecer.

Através da janela aberta, Cabral via como os dias deslizavam no céu, as nuvens escorregavam em faixas de luz. E Cabral, sem mágoas, sentia que ele mesmo, seu passado, sua vida inteira enfim, iam adquirindo aquela mesma substância: o ar, a claridade, uma corrente no vazio.

Além de olhar a janela, Cabral folheava um livro religioso que uma freira havia lhe emprestado. Às vezes deixava-se tocar pelas intenções consoladoras do texto. Mas só um pouco. Na maior parte do tempo, sua atenção pairava no vazio entre o texto e os olhos. A dificuldade em seguir as linhas, definir as letras, que fugiam, veladas, vinha dizer algo bem diferente daquilo que estava escrito: se ele melhorasse do coração, em breve estaria de volta ao hospital para operar uma catarata.

Passados alguns dias, determinou-se que era preciso fazer uma angioplastia — aprendeu a palavra — para desobstruir uma artéria. A máquina estava com defeito, disseram, o tempo passava e Cabral começara a perambular um pouco pelo hospital. Certa vez, quando voltava para sua enfermaria, já cansado de caminhar, já ansioso para reencontrar o colchão, o travesseiro, o sono, Cabral viu de relance: *Silêncio*, em letras vermelhas, o vidro fosco, a porta de vaivém ondulou.

Cabral parou. Tentou recompor o que tinha visto, o que havia escorregado pelo canto do seu olho. Alguma camada profunda de sua memória se deslocou, tentou se ajustar ao novo traçado. Continuou ali parado, à espera de um novo movimento da porta de vaivém. Não demorou. Lá estava: a viúva sentada junto ao leito, com ares de zelo extremo. E, deitado, o Antônio. Havia tubos de plástico, frascos de vidro suspensos. Antônio não parecia bem. Nem um pouco.

Cabral prosseguiu em seu caminho, na direção de sua cama. Precisava deitar. Mais tarde teria tempo para ir falar com Antônio. Só que depois de chegar à sua enfermaria e cochilar de cansaço, a lembrança do colega o deixou agitado. Viu um pijama flutuar na sombra do corredor. Listras verticais tremularam, parecia uma bandeira que o vento enrola no mastro. Reconheceu Joaquim, que arrastava seus chinelos de couro sobre as lajes de mármore avermelhado, e chamou-o.

Era um outro interno com quem Cabral tinha feito camaradagem. Também português, uns sessenta e cinco anos, nada havia de muito errado com a sua saúde — só que, como se dava muito mal com a família, sempre encontrava um jeito de ir ficando no hospital, uma instituição beneficente. Semanas, meses seguidos. Assim Cabral soube que fizera muito bem em não falar com Antônio. A viúva tinha fama de possessiva feroz e tratava mal qualquer um que se interessasse por ele. "Pode deixar que eu cuido dele", era a senha que a viúva proferia na cara das visitas, indicando que não eram benvindas.

Joaquim disse que era melhor esperar uma hora em que a viúva não estivesse com Antônio. Contou que, depois da morte do enteado, ela pagou para os dois uma viagem a Portugal. Ela e Antônio viajaram juntos. Reviram os familiares, as cidades onde nasceram, a capital, os balneários, tudo. Antônio deve ter cometido muitos excessos em restaurantes e hotéis. Voltou mal para o Brasil. Foi piorando e sua situação agora era difícil, todos sabiam.

Quando o enteado morreu, a viúva chorou uma tarde inteira. Dois dias depois, ainda se podiam escutar os ecos do seu desespero nos corredores e nas escadarias de mármore. Joaquim comentava que agora seu zelo por Antônio parecia ainda mais obstinado, exacerbado por uma raiva que acusava a todos por sua desgraça em dobro.

Enfim a máquina foi consertada e marcou-se a angioplastia de Cabral. Ele tentou ainda por duas vezes falar com Antônio, mas por azar a viúva estava sempre ali, caminhando atarefada em volta do leito.

A anestesia mereceu, mais tarde, muitos elogios da parte de Cabral. Ele relaxou mansamente. A jovem anestesista perguntou a Cabral que operações ele já tinha feito, e enquanto ouvia espantada sua resposta, ele adormeceu, sem concluir a comprida lista de cirurgias.

De volta ao leito, não podia nem pensar em andar pelo hospital, muito menos descer até a enfermaria de Antônio. Mas pensou em pouca coisa além disso. Quatro dias depois, teve alta. Pela janela do táxi, Cabral viu correr o muro do hospital, as grades de ferro em pontas de lança. Era absurdo, mas foi para casa com a sensação de que estava abandonando o amigo.

A angioplastia foi um sucesso, o coração batia bem e agora Cabral tinha pressa em resolver o problema do olho. Livrar-se da tela embaçada diante de tudo. Assim, dois meses depois voltava ao hospital para a rápida cirurgia de catarata. Levado outra vez para a enfermaria do andar de baixo, constatou que Antônio não estava mais ali. Sentado na cama, enquanto desamarrava os sapatos e se preparava para vestir o pijama dos internos, Cabral recebeu os cumprimentos de Joaquim, que entrou trazendo um jornal.

Teve início uma conversa lenta, intercalada por silêncios. Pausas em que os dois aproveitavam para limpar os óculos, coçar a cabeça. Joaquim, além disso, durante esses intervalos, bufava suspiros ferozes, que terminavam num rosnado, às vezes embrulhando metade de um palavrão. Não tinham pressa. Mas os dois sabiam do que, afinal, precisavam falar. De um jeito ou de outro. E o Antônio? Onde ele está?

O assunto veio até eles por um caminho menos direto. Cabral viu uma caixa de papelão num canto, com envelopes de carta. O que era?

Joaquim sorriu. O homem das cartas. Eram as cartas em resposta ao anúncio do Antônio. Por incrível que pareça, até algum tempo antes ainda chegava uma ou outra carta em resposta ao anúncio. E o Antônio?

Tinha morrido um mês antes, ali mesmo, na enfermaria. Ao lado da viúva. Joaquim apontou o leito vazio. Cabral não pôde deixar de comover-se com aquela morte. Sentindo-se meio tolo, lembrou-se do amigo entusiasmado, atrevido. O fascínio pelo risco.

A viúva chorou ainda mais do que na morte do enteado, comentou Joaquim. Eu estava lá, disse. O hospital inteiro parou. Os gemidos e o choro se espalharam, subiram, as paredes de pedras coladas com óleo de baleia ficaram úmidas.

— Uma mulher muito caridosa — foi o que Cabral achou para dizer. — Vi como cuidou do enteado.

— E eu vi como cuidou do Antônio — respondeu Joaquim. — Muito caridosa.

— Perdeu muito. Dois maridos e um enteado. — Cabral começava a fazer as contas.

— Por onde ela passa, os homens morrem.

Os dois estavam olhando para as cartas acumuladas dentro da caixa de papelão.

— Agora ela está sozinha de novo... Cuidado, Joaquim. Pode chegar a sua vez.

— Eu? — Ele riu. — Não sei escrever cartas.

— Eu escrevo para você. Já tenho um início bom. — Os dois agora riam de leve, como se não adiantasse mesmo fazer outra coisa. — Assim: "Acho Aldina um nome bonito".

A conversa deslizou para outro silêncio. A lentidão do céu enchia a janela. Joaquim comentou, apontando para a caixa de papelão:

— Imagina que aquele amigo português do Antônio, aquele que saiu com a mulher infiel dele, sabe? Lembra? De vez em quando vem aqui pegar umas cartas. Para tentar a sorte.

Um certo tom de preto

No dia em que eles chegaram, todos diziam que eu estava ganhando uma coisa, só que ninguém me avisou que eu ia perder uma outra. Eram dois irmãos, e de uma vez só, me diziam. Custódio e Isabel. Irmãos um do outro, mas não meus irmãos. Nem parentes direito eram. Tinham mais ou menos a minha idade e, depois de todos esses anos, me incomoda saber que eles têm hoje e terão sempre, mais ou menos, a minha idade. Onde quer que estejam. Até nisso se grudam em mim, até longe eles pesam.

Foi pouco o tempo que tive. Do dia em que nasci até o momento em que os dois chegaram, sete anos correram e fugiram levando mais ar, mais chão do que pode caber em sete anos. Foram os juros do tempo, o agiota de todas as alegrias. Recolheram o horizonte à minha frente como quem enrola uma linha. Quando lembro esse período, compreendo que vivi de empréstimo: tive só uma amostra da existência que era para ser a minha e me roubaram. Um punhado de meses — nada mais que isso — nos quais descubro agora, na memória, a felicidade que seria ter ficado sozinha. Não inteiramente sozinha, está certo. Mas a solidão de quem não tem nenhum igual por perto.

Na verdade, não sei até que ponto Custódio e Isabel podiam ser considerados iguais a mim. Mas sua idade era próxima demais da minha para que não fôssemos vistos pelos outros como semelhantes. Aprendi na prática que a semelhança é a forma de aniquilamento mais vergonhosa, é um tipo de fim que nunca para, que nunca chega ao fim. Custódio e Isabel traziam o meu final, como também traziam, num sentido diferente, o fim um do outro. Para isso existiam. Para isso continuavam a viver.

Mesmo sem saber apontar um autor ou um responsável pela vinda dos dois irmãos, anos mais tarde cheguei a ver nesse erro uma traição deliberada que, dali para a frente, fez minha vida se esfarelar aos poucos. Talvez eu já tenha nascido fraca e, caso não fossem eles dois, seria outra coisa, mais tarde, que viria me desorganizar. Mas isso não faz de Custódio e Isabel inocentes.

Posso estar parecendo contundente demais, enfática, até um pouco transtornada. Já me disseram. Vivem me dizendo. Só que é difícil para mim perceber a diferença, o normal, uma vez que fui obrigada a passar quase a vida inteira neste estado. A alma tensa, pressionando na garganta, nos dentes.

A primeira coisa que notei foi que Custódio e Isabel faziam muito barulho. Para eu ser o que era, para eu ver e apalpar em mim mesma uma pessoa que pudesse ser eu, era necessário silêncio. Como uma espécie de película ou bolha, o silêncio mantinha unidas as porções de vontade e raciocínio que me davam peso e forma. Quando a película se rompia, meu conteúdo se destemperava, se desagregava — e se desagregou, quem sabe para sempre.

Por que eles vieram? Dias antes, ouvi cochichos pela casa, o telefone tocava o dia inteiro, entravam visitas com rostos contrariados. Vi gente chorando sem fazer barulho. Meu pai, aquele que até então tinha sido meu pai, ficou um dia inteiro em casa. Telefonava, conversava com as visitas, e não foi trabalhar.

De tanto mentirem uns para os outros, acho até natural que mais tarde ninguém mais soubesse com certeza o que tinha acontecido. Ouvi dizer que a mãe fugiu e o pai foi para o hospital. O pai foi para o exterior e a mãe morreu. Pai e mãe foram presos. Os dois adoeceram e se internaram juntos. A mãe saiu de casa e não voltou mais; dias depois o pai deixou os filhos com o vizinho para também desaparecer em seguida, sem dar explicações. Não importa. Honestamente, não importa.

Custódio e Isabel, por esporte, gostavam de se martirizar na frente dos outros, contando essas histórias. Criavam e misturavam versões com a liberdade de quem sabe que não pode ser desmentido. Produziam toda sorte de desgraças com seus pais, cientes de que os únicos a se beneficiar com a piedade e a compaixão seriam eles mesmos, os filhos.

Antes, era diferente. A alegria é diferente. Na janela do apartamento, sozinha, eu via como as pessoas deslizavam pela calçada, os carros subiam a rua, e em atenção a mim tudo parecia vagaroso, para que eu tivesse tempo de observar os detalhes. Pessoas e carros seguiam na mesma lentidão com que as folhas da árvore mudavam de cor. A árvore em frente ao nosso prédio passava do verde ao amarelo, parava um pouco em várias tonalidades no caminho. Eu andava por dentro das cores, havia um movimento, um caminho, mas tudo sem sair do lugar.

Depois eu via cada folha cair na rua com um rodopio. Elas acenavam para mim. Da janela do terceiro andar, eu chegava a ver as formigas se cumprimentando nas rachaduras da calçada, antenas palpitantes, notícias urgentes nas pontas que roçavam umas nas outras, e quanto mais eu olhasse, mais eu veria — não parecia haver limites para as descobertas do meu poder de observação. Meu segredo era ficar parada e em silêncio. Assim, de

84

certa forma, o mundo se tornava meu. Ele se oferecia, estendia as mãos para mim.

Vinham pássaros, vinham moscas. Havia sol, havia chuva. E de algum modo tudo me agradava. O tempo tinha corpo, espessura, formava uma paisagem que meu olho chegava a apalpar. Com as panelinhas de brinquedo que minha mãe tinha me dado, eu preparava receitas demoradas, misturava a terra de um vaso de planta com a água da torneira. Esse era o tempo em que a casa e eu éramos uma coisa só. Eu passava os dedos nos desenhos dos azulejos do banheiro como quem alisa a própria pele. Por dentro das paredes, eu podia sentir a rigidez branca dos meus ossos.

Pode parecer que eu estou inventando tudo isso hoje, à distância. Pode parecer absurdo que uma menina de menos de sete anos tenha experimentado coisas assim. Seria preciso ter conhecido Custódio e Isabel, seria preciso ver o que eles eram capazes de tomar dos outros, para compreender e acreditar em mim.

Admito que acreditar em mim se tornou difícil, até para minha mãe, algum tempo depois da chegada deles. Mas nunca me senti culpada pelas mentiras que inventei. Ainda mais por terem sido as verdades que me trouxeram os castigos piores. Se tivesse armas mais fortes do que as mentiras, eu as usaria sem hesitar um minuto. Nunca pude contar com meios eficazes para me defender de Custódio e Isabel. Na verdade, hoje não acredito que esses meios existam. Os dois sempre acabam tomando o que querem.

Para tranquilizar meus pais, as pessoas diziam que meu comportamento era natural, coisa corriqueira em crianças enciumadas. Para amolecer minha fúria, diziam que os irmãos são nossos melhores amigos e que era normal os irmãos dividirem entre si aquilo que tinham. Foi a primeira vez que deparei com esse tipo de gente cega, gente que usa os olhos para ver explicações, desculpas, e não as coisas que estão inteiras na nossa frente: pílu-las, seringas, vidraças, crimes. O mesmo tipo de cegos que hoje tomam conta de mim, aqui, achando que posso trocar minha vida — cada dia e cada rancor, cada pedra e cada barulho — por um prato de explicações, uma dieta de desculpas. Era se vender barato demais, mesmo para quem perdeu tudo.

Não se tratava de ciúme. Não era coisa corriqueira. Nem se podia falar a sério em irmãos, e aquilo que os "irmãos" mais queriam dividir não era tanto o que eu tinha, e sim eu mesma, o que eu era. Tênue, quase aérea, sei que eu era uma coisa de nada na solidez deste mundo, de mesas e portas: minha existên-cia exterior vinha do nome que meus pais de vez em quando pronunciavam. Meu nome — um sopro quebrado em sílabas, e que ainda assim me dava a dureza suficiente para esbarrar nos móveis, segurar a colher na mão e erguê-la até a boca.

Eu comia porque meus pais ficavam contentes com isso. Meus dentes eram partes da máquina que eu punha em movi-mento, mas que não era eu. Fome e comida me pareciam coisas dotadas de vida própria, fora de mim, como a luz e os postes, os pássaros e o voo.

Foi com um pássaro que Custódio e Isabel começaram seu trabalho comigo, a obra de me desfazer, um dia depois de terem chegado. Um dia ou uma semana, não sei. Dá trabalho fazer uma pessoa virar outra. É uma coisa que não se explica e que só se pode perceber quando a gente finge que não está olhando. E então se vira de surpresa, um golpe enviesado de pestanas, uma esquiva, e os olhos dão um bote, miram num lado para acertar no outro.

Custódio e Isabel acharam um pardal doente ou ferido nos fundos do prédio. Estava encolhido no chão, no ângulo formado por duas paredes. O arrepio das penas, os olhos entreabertos, o pardal parecia ter sido expulso do céu, castigado por algum erro sem perdão. O ar entrava e saía num movimento escasso e a vida não era mais que a silhueta de um sopro, ou de um oco. Sem voo, sem futuro, quem sabe ele quisesse voltar ao estado de ovo.

Não se agitou quando Custódio e Isabel se aproximaram. Não esboçou luta quando o pegaram na mão e passaram seu corpo de um para o outro. Puseram o pardal na minha mão e de repente me senti fraca, um prolongamento de sua silhueta, de seu vazio. Estávamos os dois no mesmo ovo. Eu já estava nas mãos de Custódio e Isabel, mas ainda não entendia.

Levamos o pardal para casa, arranjamos um pano limpo e macio, acomodamos o pássaro como um hóspede de honra. Custódio e Isabel puseram um pequeno pote de água ao lado dele para que pudesse beber, mas o pássaro não se mostrou muito interessado. Fizeram gotas de água escorrer pelo seu bico, já um tanto ressecado e com umas escamas que se soltavam. Pareceu tomar um fio de ânimo. Nossa preocupação com ele durou horas. Mantivemos nosso pardal em segredo, não pensávamos em outra coisa, enquanto minha mãe nos levou para comer uma pizza na hora do almoço. Eu sentia uma emoção nova, a ressonância de um choque dentro de mim. A satisfação da bondade misturada à turbulência do crime.

Voltamos do almoço e tentamos cuidar do pardal, que agora tremia um pouco. Algo nele ganhava uma cor apagada. Espantamos algumas formigas que queriam se aproximar. Depois de virar a cabeça do pardal para um lado e para o outro com a ponta do dedo e tentar acordá-lo com alguns toques de leve, afinal nos convencemos de que estava morto. Custódio abriu um buraco na terra de um vaso de plantas e Isabel embrulhou o corpo do defunto no paninho. Assim foi sepultado e a terra o cobriu. Mas não por muito tempo.

De algum modo, a ideia do pardal morto e enterrado excitou Custódio e Isabel. A excitação deles me agitou. Lenta no olhar e em tudo, eu agora só enxergava borrões. Pela primeira vez, o tempo jorrava à minha volta. Custódio e Isabel não sossegaram enquanto não voltaram ao vaso para desenterrar o pardal. Pareciam ter se lembrado de que a morte não era o fim, pelo menos no que dependesse deles dois.

Afinal, ali estava o pardal de novo, seu corpo mole, mas as mesmas asas, penas, pés e bico. Desembrulharam o paninho e, aos poucos, espantando uma última ponta de pudor, Custódio e Isabel ensaiaram algumas brincadeiras com o bicho. Tentaram amarrar um barbante no bico, no rabo. Tentaram colocá-lo de pé encostado numa caixa, enfiá-lo na cabine de um pequeno caminhão de madeira, pôr uma das minhas panelinhas na sua cabeça como se fosse um capacete, até que começaram a jogar o morto de um para o outro. Riam, diziam: "Segura! Segura!". E faziam piadas. Às vezes o pardal caía no chão e a gente o apanhava de volta. "Segura!"

Até que Isabel pegou o defunto, tentou abrir as asas mortas e disse:

— Quer ver como ele ainda voa? Quer ver?

E atirou o bicho pela janela. A sala inteira se encolheu e espirrou janela afora, o tapete, os móveis e eu fui junto. Depois voltei, eu, os móveis e a sala. O pardal ficou, caído em algum lugar na rua, nem vi onde. Eu não tinha mais tempo para ver.

Assisti a tudo com o olhar atento e a vontade indiferente. Sei que havia certa relação entre a avidez dos olhos e a apatia das reações. Sei que algum tipo de compensação ligava uma coisa à outra. Os amantes das simetrias, como esses sábios que me cercam aqui, podiam até ver nisso algum consolo. Me assusta agora pensar que eu também ficaria impassível, caso Custódio e Isabel tivessem maltratado uma pessoa. Minha fragilidade também se expressava assim, nessa inaptidão para sentir medo — pelo menos medo. A coragem e o medo exigem certa densidade, e eu tinha uma existência rarefeita, quase sem substância.

Quando reflito hoje, à distância, chega a ser surpreendente que eles tenham demorado tanto a tomar de mim a minha mãe. Ainda mais sabendo que seu objetivo principal era outro, bem mais drástico. Como minha mãe ficava quase o dia inteiro em casa, encontrava-se mais disponível, mais vulnerável às artes de Custódio e Isabel. Mais suscetível, também, à minha inércia e, posteriormente, às minhas tentativas desastradas de reação.

Não bastava a eles dizer à minha mãe as palavras elogiosas que ela desejava ouvir — falsidade tão flagrante que só poderia enganar uma pessoa carente até o desespero, até a cegueira, como era ela. Se disso minha mãe fazia uma forma de amor, fazia também uma forma de vício. Assim era minha mãe, mas eu não entendia muito bem. Até então, para mim, não tinha sido necessário saber nada, dizer nada. Éramos eu e ela. Na tranquilidade. Na ignorância.

Não bastavam para eles as palavras açucaradas de crianças que representam o papel de crianças. Custódio e Isabel quase sempre davam um jeito de trazer lembrancinhas para ela, bugigangas, na certa furtadas dos balcões das lojas ou da casa dos vizinhos, coisas que ela guardava como relíquias espalhadas pela casa. Assim vi minha casa aos poucos contaminada pelo que não era eu. Naturalmente isso também não bastava.

Se Custódio e Isabel desciam a escada correndo e tocando as campainhas de todos os apartamentos, conseguiam convencer os vizinhos de que eu tinha sido a culpada, logo eu que em geral estava sozinha em algum canto do pátio, já sem saber direito o que fazer com as minhas panelas. Para isso, Custódio e Isabel contavam com a extraordinária ajuda de outras crianças do prédio. Havia entre eles um comércio secreto: mentiras e álibis eram trocados por objetos de origem escusa, alguns furtados de minhas próprias gavetas. No início, achei interessante descobrir nas mãos de outras meninas brinquedos iguais aos meus. Demorei a entender que eram os mesmos. Eu ainda era mais propensa a admirar as coincidências do que a imaginar uma complicada má-fé.

Uma das primeiras coisas que vieram desiludir essa minha tendência foi uma caneta de quatro cores, com desenhos que se moviam quando a gente girava a parte de baixo. Uma espécie de jacaré ou lagarto parecia rastejar do topo até o meio da caneta, e depois voltava. Vi a caneta na mão de um menino que morava do outro lado da rua e resolvi pegar a minha caneta para mostrar a ele.

Naquele tempo, meu quarto era arrumado, minhas coisas tinham um lugar certo. Não era tanto o uso que justificava a sua existência, mas o fato de ficarem guardadas num lugar determinado. Para isso as coisas me procuravam. Para ficarem bem guardadas. Vejo agora que para elas devia ser como ir para uma prisão, um cemitério, um lugar como este em que estou.

Não importa. Abri a gaveta, peguei o estojo, e pela primeira vez traduzi a surpresa da coincidência em termos de maldade. Eu tinha aprendido uma nova língua com aquela caneta sumida. O lagarto estava solto.

Minha mãe passou a gritar comigo por qualquer motivo. Coisas quebradas, objetos no chão, roupas perdidas. O grito foi um sotaque novo que logo aprendi a marcar na minha nova língua. Roubada, acusada de displicência, suspeita de todos os egoísmos, passei direto do silêncio ao grito. Dizer que tinha sido a Isabel, o Custódio só servia para piorar as coisas. Eles chegaram à nossa casa já inocentados por antecipação. Roupas que eram minhas viravam de Isabel, numa confusão da qual minha mãe muitas vezes me parecia cúmplice. Num movimento sutil, do qual ninguém se dava conta, junto com as roupas, com o pano, migrava para Isabel alguma parte de mim mesma.

Minha culpa aos olhos de todos, e até aos meus próprios

olhos, admito, é não ter sido uma infeliz, não me achar no foco de algum acontecimento trágico, como Isabel, como Custódio. Ao lado deles, é quase natural que eu inspirasse às pessoas algum impulso de censura. Estudávamos na mesma escola e, nos olhares que eu sentia resvalar em mim, não era difícil perceber que todos sabiam da diferença entre nós.

Um dia, houve uma festa na escola. Até hoje não sei como Isabel pegava minha roupa sem eu ver. Minha mãe reconheceu, dessa vez, que a roupa era mesmo minha, mas deixou bem claro que eu não devia ser tão egoísta, que eu afinal tinha muitas roupas. Para completar, Isabel disse que gostaria de me emprestar as roupas dela se eu quisesse. Eu não queria, é claro, mas agora eu sei como ela ficaria realmente feliz com isso. Agora sei o que isso podia significar para ela.

Naquela festa, como de hábito, havia jogos, brincadeiras, competições. Eu sempre ficava perdida nessas situações, não enxergava senão manchas, corpos que eu não era capaz de reconhecer. Tentava me deter em uma cena, um fato, uma pessoa, mas logo ouvia um barulho atrás de mim, alguém dizia alguma coisa do meu lado, uma lembrança fora de ordem emergia na minha cabeça, e todo esforço de atenção era inútil.

O mais estranho é que para os outros parecia estar tudo certo comigo. Interpretavam como alegria o que não passava de desorientação e talvez um pouco de pânico. As melodias que a professora vinha ensinando havia três semanas se esfacelavam dentro da minha cabeça, migalhas de notas rodopiavam num uivo contínuo. Cantávamos em coro e assim pelo menos eu podia deixar minha voz ser carregada por trancos de som que vinham de um lado e do outro e passar aos tropeções pelas sequências de notas mais rápidas.

Eu avançava desse modo até que de repente, com um susto, sentia o estalo dos aplausos, com a força de tapas nas costas, na cabeça, nos ouvidos, e a música tinha chegado ao fim. O movimento que eu via à minha volta não era uma festa, mas a ruptura das linhas que prendiam o mundo, seguravam suas partes. Palavras, pensamentos, pessoas davam a impressão de querer se fundir numa espécie de massa. O caos tinha música e tinha jogos.

Um dos jogos era a corrida de sacos. Da cintura para cima, um ser humano. Para baixo, uma criatura sem forma que ondulava em fiapos de estopa. Isabel era um deles. O público aguardava de pé, ao longo do percurso da corrida. Eu estava ali, espremida entre adultos e crianças, na torrente de gritos, risos e nomes.

De repente, o impulso se intensificou e a sala cresceu na força do barulho e dos empurrões. Se aquilo era alegria, eu devia tentar tirar algum proveito. Assim, virei os olhos para cima, como se estivesse no fundo de um buraco aberto na multidão, e tentei observar as figuras de anões pintadas no teto, figuras que eu olhava com satisfação nos horários de recreio. Só então vi os cachos de bolas de gás coloridas que cobriam tudo e faziam o teto ficar mais baixo. Vi um adulto esticar o braço e, com a ponta do cigarro aceso, estourar uma das bolas.

O estrondo fez a sala inteira se retrair e silenciar por um segundo, para logo depois se expandir de novo e voltar ao normal. Só então entendi que a corrida já havia começado, só então vi Isabel caída no chão bem na minha frente, toda enrolada no saco. Isabel chorava e me acusava de ter pisado no saco para ela cair e perder a corrida, ela que estava na frente de todas as outras meninas quando levou o tombo.

Isabel caiu tão perto de mim, e com tanta habilidade, que era impossível deixar de perceber o contraste criado pelo branco do meu sapato de verniz quase em cima do ninho marrom dos fios de estopa. O estreito buraco em que eu me encontrava na multidão de repente se alargou um pouco e cabeças me olharam de cima, parecendo pessoas debruçadas na beirada de um poço.

Admito, foi uma coisa humana. A comoção geral em favor da menina infeliz. O desprezo unânime pela perversa e enciumada. Pessoas ajudaram Isabel a se levantar. Ela chorou, fingiu que não conseguia andar direito, fingiu que tinha torcido alguma coisa. Foi amparada como uma inválida. O juiz da prova prometeu a ela prêmios de consolação. Teria vencido se não fosse... Admito essa primeira impressão. Mas se alguém examinasse melhor, se alguém se pusesse no meu lugar, seria obrigado a me conceder certa margem de dúvida.

Se eu negasse ter pisado no saco, estaria não só chamando Isabel de mentirosa como também acusando-a de premeditar uma trapaça. Aos olhos de todos, a mesma culpa que parecia excessiva nos ombros de Isabel já não parecia tão absurda quando acomodada em minhas costas. Isabel contava com uma vantagem muito grande para não merecer um mínimo de suspeita. Mas ninguém queria examinar nada. Todos se sentiam bastante satisfeitos em poder tomar o lado do mais fraco.

O silêncio de minha mãe durou alguns dias, eu acho. Não falava comigo. Entre ela e meu pai surgiu uma aspereza até então desconhecida, interceptada nos olhares, nas bocas, no ruído dos talheres no prato. Mais cortante do que aparentava a olho nu. Passei a temer que meus pais tivessem um destino semelhante ao dos pais de Custódio e Isabel. Passei a temer ou a ver nisso uma esperança. Afinal, seria um jeito de me equiparar a eles na infelicidade, já que a felicidade só me trazia tristezas.

Há pouco escrevi "se alguém se pusesse no meu lugar", como se isso pudesse ter sido de alguma ajuda. Hoje, entendo o óbvio: se alguém estivesse no meu lugar, eu teria que estar em outro lugar. E agora é só por isso que estou aqui.

Custódio às vezes tinha pesadelos e, como dormíamos os três no mesmo quarto, era comum eu acordar ouvindo sua voz rosnar, guinchar, experimentar diversas encarnações. Deslizava do grave ao agudo, do ancião ao bebê, um elenco inteiro se agitava nos bastidores do seu sono, todos ansiosos para vir à cena. Cheguei a ouvir um arremedo da minha própria voz nos pesadelos de Custódio. Deitada no escuro, eu tinha medo e ia adquirindo a convicção intuitiva de que os dois eram dotados de algum poder perigoso, que só a escuridão e o sono deixavam transparecer um pouco mais. Um poder cujo alvo lógico e natural só podia ser eu.

Diante dos outros, Custódio mostrava-se amável comigo, mas nunca quando estávamos sozinhos. Por minha vez, nem diante de estranhos eu era capaz de disfarçar o meu rancor. Isabel não tinha a mesma preocupação que ele, limitava-se a não fazer nada que pudesse ser considerado condenável. Só mais tarde se viu a utilidade do comportamento de Custódio.

A partir dessa época — da festa, da corrida de sacos —, o tempo terminou de se libertar do resto de pressão com que eu ainda o segurava e saiu em disparada. Sempre atiçado por Custódio e Isabel. Eles tinham agora certa pressa.

No correr dos anos, eu quase não reparava nas mudanças à minha volta, nem sequer nos meus pais eu prestava muita atenção, obrigada a me concentrar em mim mesma e na disputa com Custódio e Isabel. Não sabia, e ninguém poderia acreditar, que minhas investidas e meus golpes eram apenas armas que eu punha nas mãos deles dois. Mas suas armas principais não estavam nas mãos, e sim nos olhos, que não dependiam em nada do que eu pudesse colocar neles.

Por isso escondiam seus olhos de mim. Nunca permitiam que eu os encarasse demoradamente, sempre que possível olhavam-me de lado, tiravam partido de alguma sombra ou claridade mais forte, da pálpebra entreaberta, do rosto franzido, todos os recursos valiam para desviar a atenção dos olhos. Mas isso eu também não notei, a não ser mais tarde, ao recapitular o que tinham feito comigo. Quando não adiantava mais nada.

Meus pais já não eram capazes de disfarçar a ansiedade com que esperavam qualquer chance de nos deixar um dia ou dois na casa de nossa avó. Muito idosa, ela vivia em uma espécie de loucura suave, na qual quase nada da realidade conseguia fixar-se. Éramos recebidos com uma calma carinhosa, mas tão inalterável que me fazia imaginar que ela manteria a mesma calma se um dia caíssemos mortos os três na sua frente.

Gostava de jogar baralho conosco, com suas cartas velhas e amareladas. Não parecia se importar que faltassem algumas cartas no baralho, nem que Custódio tentasse nos enganar na soma dos pontos. Crianças, tínhamos diante dela um respeito estranho, que só se sente diante de um louco. Percebíamos que era um mundo fora do alcance de nossas provocações. Suas palavras, às vezes imprevisíveis, comandavam nossos pensamentos com a força da surpresa. Assim ela nos mantinha alguns passos atrás, sem poder alcançá-la.

— Hoje é dia de santo Antônio. Na minha terra, a gente acreditava numa coisa: se nesse dia a moça chegasse diante do espelho à meia-noite com uma vela acesa e olhasse bem lá no fundo, veria a imagem do seu futuro marido.

Quando fomos deitar, resolvi ficar acordada até meia-noite. Custódio dormia no quarto com minha avó, eu e Isabel ficávamos na sala, que era comprida e tinha um espelho na extremidade. Eu sabia onde a avó guardava as velas, os fósforos. Acendi uma vela e me pus diante do espelho, de camisola. Aproximei a chama do vidro como se assim pudesse iluminar o fundo da sala, refletido no espelho. Uma esfera frouxa de luz se desprendia da vela, resvalava no vidro, desenhava meu rosto cortado ao meio pela sombra.

Se o espelho duplicava a luz do fogo, dobrava também a escuridão da sala. A chama tremulava no seu fôlego curto e eu entrevia ondas de sombras nos desvãos fundos do espelho e da sala. Meu futuro marido devia estar ali, tentava aparecer para mim, contente em me ver, à minha espera. Meus olhos sonolentos caçavam alguma forma um pouco mais nítida que desejasse emergir, mas que só o faria puxada pelo meu olhar.

Intuindo algum movimento, escolhi um ponto e fixei nele minha atenção. Algo de fato se mexia, estava mesmo acontecendo. Muito vaga ainda, uma forma se recompunha no centro da escuridão, com movimentos suaves, a sugestão de uma linha ereta, um fluido que desliza transparente no espelho: uma pessoa, eu via melhor agora. Fixei os olhos com toda força naquele ponto. Queria ajudar aquele homem a nascer. Mais que medo, tinha curiosidade e muita vontade de acreditar na loucura de minha avó.

No entanto a figura não era meu marido: não era de homem, e sim de mulher. Não de mulher, mas de menina. Era eu mesma, pelo menos era a minha roupa que flutuava no fundo da sala. Pior, vi ali um rosto parecido com o meu. Nervosa, cheguei a vela tão perto do espelho que o calor e a fumaça formaram uma mancha negra sobre o rosto da menina, no mesmo instante em que compreendi que era Isabel. E me virei depressa para trás e vi Isabel vestida com minhas roupas, o cabelo penteado como o meu. Com um grito cortado, acho que desmaiei.

Quando acordei, disseram que eu tinha tido um pesadelo, que tinha gritado. Porém no dia seguinte Isabel me contou em particular que havia ficado diante do espelho à meia-noite, enquanto eu dormia, e que de fato vira a figura de um homem de terno, com flores na mão. Irritada, não acreditei. Mas em outra visita à casa de minha avó, anos depois, reparei numa coisa. Na sala, na parede oposta ao espelho, havia uma antiga fotografia de um grupo de familiares e amigos de minha avó. Entre eles, um homem jovem, de terno, com flores na mão.

Lembrei o episódio contado por Isabel, no qual eu havia

pensado diversas vezes. Não me pareceu impossível que Isabel tivesse vislumbrado no espelho a imagem refletida daquele homem do retrato. Ele não vinha do futuro, mas do passado. Perguntei à minha avó quem era ele. Os olhos dela deslizaram por toda a fotografia num voo sem rumo, perdidos, enquanto o dedo trêmulo corria pela linha da moldura, parecendo conferir se o retrato estava bem fechado ali dentro. Ficou alguns instantes em silêncio. Balbuciou umas palavras na língua da sua terra natal, sons arranhados que eu não entendia. Depois misturou-as com termos da nossa língua, antes de se calar de um jeito que me fez entender que não ia voltar ao assunto.

De meio louca que era, minha avó àquela altura caminhava bem ligeiro para uma insanidade quase completa. Vivia agora com uma enfermeira em casa. De suas palavras, consegui salvar alguma coisa. Por absurdo que soasse em meus ouvidos, ela parecia ter dito que o homem com as flores, poucos anos depois de a fotografia ter sido tirada, foi perseguido e preso, em algum lugar distante no interior do país, por ter casado com a própria irmã. Nenhum detalhe. Nunca soube mais nada além disso. Mas eu já não era tão pequena que não entendesse o que havia de errado naquela história.

Também não sei quando Custódio e Isabel começaram a usar óculos. Tinha algo a ver com a necessidade de ocultar os olhos, isso eu sei. Em seus olhos havia um vazio, uma fome. Um certo tom de preto. Exercitavam seu poder encarando os professores e fazendo com que se calassem. E até com o homem que vendia sorvetes numa carrocinha na porta da escola, o qual estranhamente às vezes lhes dava chicletes de graça. Mas isso era raro. Na verdade, só consegui reparar nessas coisas agora, ao recapitular aqueles dias, aquelas semanas, examinando com lupa as migalhas que vou catando no meu ócio. Pois disso não posso me queixar. Aqui tenho muito tempo para pensar e lembrar, e mais sossego do que jamais pude gozar a vida inteira.

Assim me recordo de ter visto, um dia, que o chaveiro de Isabel não tinha a letra I, e sim a inicial do meu nome. E tempos depois, ao abrir sua gaveta para xeretar — desesperada, eu vivia atrás de alguma desforra —, descobri que na nova carteirinha do clube que Isabel mandara fazer vinha escrito o meu nome e não o dela. Que sensação de fraqueza me deu, ao ver meu nome preso na plastificação, retido à força ao lado do retrato de Isabel.

De repente, ela veio por trás, tomou a carteira da minha mão e explicou que o clube tinha se enganado e que ela já havia pedido outra carteira. Verdade ou não — é claro que não —, eu entendi, com um susto, que bastava um engano para fazer o rosto e o nome virarem duas coisas independentes, coisas que aceitam ser recombinadas por um acaso. Vi muito bem que o mundo não ia parar só por causa disso, só por causa de uma troca.

O tempo atropelava os meses, e a consciência que eu tinha de mim mesma era apenas a consciência da minha fraqueza. Se eu falava com meus pais, ou com Custódio e Isabel, eram palavras mecânicas que escorriam para fora de mim. Era cada vez menos a minha presença e solidez, e cada vez mais uma imagem de mim, como se eu só conseguisse mostrar a eles a minha sombra delineada nas paredes. Expulsa desse mundo por Custódio e Isabel, eu me esgueirava bem ligeiro para outra parte, onde ninguém conseguiria me ver — o lugar onde estou agora e do qual não consigo sair.

Meu pai e minha mãe percebiam apenas na superfície o que ocorria comigo. Eu quebrava muitas coisas na casa, torneiras, louça, aparelhos elétricos, e se isso os enfurecia tenho também a certeza de que no fundo sentiam certa pena de mim. Intuíam talvez que o maior desastre eu reservava para mim mesma. Em todo caso, nada faziam por mim, sua filha. Afinal, também foram vítimas de Custódio e Isabel, só que de maneira mais branda.

No esforço de reconstituir aquele tempo, chego a desconfiar que não foi de uma só vez que Custódio e Isabel me tomaram de assalto. É claro, haviam me debilitado ao longo de anos. Golpe após golpe, foram me obrigando a recuar cada vez um pouco mais, a diminuir, a me retrair da periferia da pele e das palavras para o centro mudo, deixando à mostra uma casca vazia.

Um dia concluíram que eu estava pronta. Ou já haviam chegado à conclusão dias antes, é o mais provável. A falta de luz foi apenas um acidente oportuno, e para eles irrecusável, como é fácil entender. Uma interrupção no fluxo de banalidades de uma casa, de uma família. Uma pausa para revelar aquilo que a luz esconde. O espanto de quem de repente vê o mundo pelo lado de trás, todo escuridão, incerteza.

Estávamos na sala, a família inteira. Meu pai havia se aposentado pouco antes e ajudava minha mãe e Isabel a retirar os pratos da mesa de jantar. Na frente da televisão ligada, Custódio revisava um trabalho da faculdade. Eu andava devagar de um lado para outro diante do vidro da janela, meus olhos se arrastavam nas marcas que meus pés já tinham deixado no tapete, numa ausência cheia de nervos, como sempre, na época.

O silêncio surpreendeu tanto quanto a escuridão. Nossa televisão, assim como as dos vizinhos, e todos os motores e aparelhos em volta, tudo adormeceu de repente. Sem aviso, o mundo fechou o olho. Durou no máximo trinta segundos.

Ouvi meu pai soltar um muxoxo de desânimo e colocar na mesa os pratos que tinha na mão. Distante, o assovio de um garoto quis protestar ou irritar o escuro. Em seguida, um movimento de sombra sobre sombra chamou minha atenção. Vinha do lado onde estava Isabel. Um certo tom de preto. Uma camada de preto queria ressaltar do preto geral, e se reconcentrava, se depurava, se desembaraçava de empecilhos e disfarces. Isabel tinha tirado os óculos e olhava para mim.

Longo, cilíndrico, sinuoso. Uma espécie de braço imaterial se estendeu através da escuridão, feito da própria escuridão, e entrou livre pelos meus olhos. Com o gesto de quem enfia a mão num balde cheio de água para apanhar um anel que caiu no fundo. Lá no fundo, o anel era eu mesma, o centro em que eu tentava me resumir e resguardar o que restava. Senti o braço correr para dentro de mim num deslizamento frio. Senti a mão apalpar os espaços que eu abandonara, até encontrar o anel, pesá-lo um pouco com a argúcia de um conhecedor de joias, e se recolher, em rápida fuga. Senti também que tinha deixado no lugar outro anel, mais leve e vistoso. A joia falsa.

Vi meu próprio corpo parado na escuridão enquanto eu me afastava dele. Compreendi que por alguns instantes eu ainda pude enxergar e ver a mim mesma, como se meus olhos estivessem no anel, desprendido do meu corpo. Assim, me voltando para trás, avistei no espaço, no centro de um negro mais difuso e poroso, o denso ponto preto para onde eu estava sendo puxada. O olho de Isabel. Vi aquilo crescer com o vulto de um portão monumental, circular, a brancura de dois triângulos leitosos nas extremidades laterais, a fila de grades pontudas e curvadas para trás, em cima e embaixo, na linha de uma elipse.

Antes de eu perder contato com o anel que me foi roubado e ser lançada de volta ao que havia restado de mim — esta fachada sem credibilidade —, antes disso, por um instante, quando imergi naquela espessura de carnes e tecidos alheios, pude sentir a infinidade de vida e a força de expansão que se irradiava dentro daquele mundo escuro, em fios, em linhas e palpitações. Houve uma explosão de alegria com a minha chegada, que era na verdade a minha partida.

Quando a luz reacendeu, não percebi nada de alarmante, até que minha mãe me chamou de Isabel. Olhei em volta. Custódio voltara a cuidar do trabalho da faculdade. Meu pai levava talheres para a cozinha. A televisão roncava no mesmo canal. Minha mãe podia ter se enganado, trocado o nome na pressa e na distração normal de falar. Mas em seguida meu pai, da cozinha, chamou Isabel para ajudar com a louça e, dirigindo-se a ela, usou o meu nome.

Meu pai e Isabel pararam na porta da cozinha, olhando para mim. Custódio ergueu os olhos dos papéis e me encarou. Minha mãe, do outro lado da sala, virou o rosto sobre o ombro, na minha direção. Eu tinha acabado de dizer aquela coisa espantosa:

— Eu não sou Isabel.

A frase saiu macia, tenho certeza disso, mas com uma indesejada ressonância de súplica. Em volta, os quatro fechavam um círculo. Seus olhares me sitiavam. Isabel já estava de óculos, mas Custódio, sentado no sofá, tirou os óculos e me olhou com uma força diferente da de Isabel. Em vez de puxar, me empurrou para dentro de mim, me repeliu para o centro da minha inexistência.

A maciez foi sumindo da minha voz, e ao mesmo tempo crescia a súplica.

— Não sou Isabel. Ela é Isabel.

Dessa vez eu devia ter gritado bem forte, pois da janela de um apartamento vizinho duas pessoas espiavam um pouco constrangidas. Quando Custódio e meu pai vieram me segurar, acho que eu já tinha atirado algumas coisas no chão e quebrado objetos da sala. A massa que me sufocava era o mesmo ar de sempre, só que inflamado, endurecido pela minha respiração. Deitaram-me à força no tapete. Com alegria, ouvi dizerem coisas terríveis sobre Isabel. Mas logo entendi que a Isabel de que falavam era eu.

Trouxeram-me para cá e tudo continua na mesma desde então. Exceto por um acontecimento que a muitos surpreendeu, mas não a mim. De certo modo, justifica o que eles fizeram comigo.

Pelo menos ficou claro que não se tratava de uma crueldade frívola. Não foi por passatempo, e sim por necessidade que eles me eliminaram. Foram para nossa casa com o destino inscrito no próprio sangue. Algum tempo depois de eu ter sido trazida para cá, alguns anos depois, eu acho, Custódio e Isabel se casaram. Para eles, Isabel sou eu, naturalmente. Mas, ao contrário do que pensam, ao contrário do que está escrito, eu não me casei.

Aqui é calmo. Nada me dá tanto gosto quanto recompor e explicar de novo o que houve comigo. O melhor é que, a cada vez, alguma coisa nova aparece. Certos detalhes se aprimoram a cada reconstituição que experimento. É o que acontece com os filhos, as gerações sucessivas. Ao mesmo tempo que recebem os traços dos pais, ganham linhas novas, que nascem do ambiente, ou vêm de alguma origem indeterminada.

No dia em que eles chegaram, todos diziam que eu estava ganhando uma coisa.

O caminho de Poço Verde

Tonteiras, fraqueza, um mal-estar difuso que a empurrava para baixo. O mundo à sua volta se fechava numa onda opaca. Vultos emergiam e afundavam. A consciência vaga de que as pessoas que vinham vê-la agora, naquele estado, se benziam com pena, mas também com certo medo.

No entanto tudo ainda corria bem quando pela primeira vez ela ouviu falar de Poço Verde. Rochas, cascatas, matas, gente simples, animais. Sobretudo um poço de águas quentes que fumegavam no meio da folhagem espessa. Descreveram o lugar de tal modo, povoaram-no de tantas histórias que ela já não admitia voltar para casa sem ter ido a Poço Verde. O estranho era que ninguém soubesse direito como se chegava lá.

Até certa altura, Diana tinha viajado de ônibus, seguia de um lugarejo para o outro, subindo ou contornando a serra. À proporção que avançava, os ônibus iam se tornando cada vez mais precários, mais velhos e mais raros. Nas paradas da estrada, no mercado das vilas onde se detinha, Diana acabou se acostumando a repetir as mesmas perguntas sobre Poço Verde. Em pouco tempo já não sabia dizer exatamente quando tinha ouvido falar pela primeira vez daquele lugarejo. Do mesmo jeito distraído, habituou-se à ideia de que Poço Verde era de fato o seu destino, como se desde o início tivesse saído de casa com aquele objetivo.

Sem perceber, Diana passou a encarar a beleza e o pitoresco da região com uma espécie de curiosidade inferior, episódica. Tudo o que via tomava a forma de uma etapa, de uma estação no caminho para Poço Verde. As estradas, os rios, as vilas e até as pessoas passaram a ser consideradas sobretudo em função de alguma referência àquele lugar. Sob o efeito da luz que vinha de Poço Verde, as coisas chegaram a adquirir uma existência dupla, como a de fantasmas. Tudo lançava uma sombra que só Diana podia enxergar. E, mais do que o corpo palpável, era essa sombra que a interessava.

À medida que penetrava na serra, Diana percebeu que tinha mais chance de obter informações sobre Poço Verde quando falava com pessoas idosas. Os jovens, e até os de meia-idade, desconheciam o assunto ou fugiam de suas perguntas. Ela às vezes chegava a desconfiar de uma ponta de zombaria nos olhos deles, ou pensava surpreender um toque de medo no seu jeito de gaguejar "Não sei não senhora".

Entre os velhos, no entanto, às vezes conseguia encontrar alguém que tinha ouvido notícias do lugar, se bem que nenhum deles afirmasse ter ido lá. No máximo, lembravam-se de alguma pessoa que tinha visitado o lugarejo. Coçavam a cabeça e olhavam fixo para o chão. Ou olhavam para Diana e estreitavam as pálpebras, dando a impressão de que ela já estava muito longe.

As indicações para achar o caminho se revelavam sempre vagas e até contraditórias: um dizia sul, o outro sudeste; um dizia rio, o outro estrada. Mas todos sugeriam que Diana devia seguir para algum vilarejo mais adiante, um pouco mais para dentro e para o alto da serra, onde poderia perguntar a alguém mais bem informado.

Diana obedecia e seguia em frente. Teve de brigar muito com a mãe para sair de férias sozinha naquele ano. O pai já havia desistido de interferir nas brigas das duas, achava que era coisa pessoal e que o melhor era ficar afastado. No confronto com a mãe, Diana guardara para o final o argumento definitivo: já era maior de idade e ninguém podia impedir que fosse aonde bem entendesse.

No fundo, talvez não pensasse bem assim. E aquilo que no pensamento parecia ponto pacífico, quando ressoou na sua voz tomou uma forma estranha. As palavras saíam puxadas por um fio, presas umas às outras, e agora aquilo a enrolava e a prendia também.

As estradas de asfalto haviam ficado para trás já fazia alguns dias, e Diana contemplava com orgulho suas botas de lona e couro completamente enlameadas. A viagem começara numa região de turismo rústico, onde Diana encontrara viajantes de mochila como ela. Mas, à proporção que se embrenhava na serra, os hoteizinhos e as pensões foram escasseando, até desaparecer.

Diana trazia uma barraca de náilon e um colchonete que, bem enrolados, eram muito práticos de carregar. Foram de grande utilidade em várias situações. Ofereciam a Diana a chance de se orgulhar da sua capacidade de enfrentar sozinha circunstâncias difíceis. Apesar disso, sempre que possível ela preferia dormir na casa de algum morador dos povoados por onde passava. Assim tinha contato mais estreito com o modo de vida daquela gente. Em geral eram hospitaleiros e, a partir de certa altura da serra, alguns se ofendiam se ela tentava pagar a hospedagem.

Assim como as linhas de ônibus, os outros transportes regulares também haviam ficado para trás. Bem antes disso, porém, Diana já havia sentido o sinal de um gosto peculiar naquela viagem, uma sensação que atiçava seu apetite por experiências mais fortes. Foi quando o trem em que viajava ficou parado por trinta minutos numa curva que parecia não ter fim. Ao redor, só se viam dois casebres e uma vastidão descampada. A poeira grossa grudava no suor do rosto.

Irritados, os passageiros já começavam a achar que o trem tinha quebrado e que seria necessário trocar de composição. Mas de repente, por meio de um alto-falante no teto do vagão, o maquinista instruiu os passageiros a fechar as persianas de metal das janelas, "em virtude dos ataques às composições na estação de Brigadeiro Marcondes". Eram pedradas de meninos, só isso. Mas parecia que o trem estava entrando em território de guerra.

Durante uma hora, o trem seguiu assim, fechado, abafado, e assava sob as rajadas do sol que espirravam para dentro do vagão através das frestas das persianas de metal. O ruído dos ferros que se entrechocavam, o odor que saía do banheiro quando a porta se escancarava nas curvas — o barulho, o calor e a poeira se fundiram em uma coisa só, que ardia na garganta, endurecia os cabelos. Isso e mais a agitação da expectativa. Havia o medo das pedradas, mas também o temor da decepção, no caso de não acontecer nenhum ataque.

Agora, depois de tudo isso, sem trens nem ônibus, Diana precisava de caronas ou de transportes especiais para continuar a subir e avançar pela serra. Já havia alcançado uma etapa da estrada onde automóveis normais só se aventuravam sob grande risco. Em caso de chuva, o barro molhado fazia os carros patinar sem controle. Deslizavam de lado até raspar a lataria na cerca de arame farpado à beira do abismo. A terra perdia a solidez. As rodas de borracha pareciam moles, esguichavam lama e giravam no vazio.

A certa altura, o único meio de acesso era um caminhão que descia de manhã cedo e subia de volta à tarde. Um caminhão pequeno, no qual o motorista havia instalado um motor de jamanta. A vantagem era que a potência do motor sustentava a subida, de outro modo quase impossível. Ao mesmo tempo, a carroceria mais curta e estreita permitia a mobilidade necessária nas curvas e nas gargantas de barro e rocha, em que a estrada mesma se encolhia para poder seguir adiante.

A desvantagem era que o peso do motor não era compatível com o chassi. O eixo da frente podia partir-se ao meio a qualquer momento. Parado, ainda trêmulo na agonia das engrenagens que não se encaixavam mais, o caminhão ficaria ali, abatido no meio do nada, bufando, mordendo a terra. Para os passageiros, o único jeito seria seguir a pé, a bagagem distribuída nas mãos e nos ombros de todos.

Antes da subida, ao embarcar, os passageiros comentavam essa possibilidade com o motorista em tom de brincadeira. Um dizia que pouco tempo antes o eixo havia mesmo quebrado no meio da viagem, mas o motorista apenas ria, sem negar nem confirmar coisa alguma. Diana notou que aqueles homens e mulheres, com seus sorrisos meio desdentados, se divertiam amistosamente em meter medo nela.

Toda vez que chegavam mais dois ou três passageiros, o motorista os arrastava para um bar ali perto, levando junto o grupo de passageiros que já havia se formado antes, para tomarem todos mais uma dose de cachaça. Voltavam vermelhos e sorridentes e Diana tentava afastar da cabeça a ideia de que o motorista era o mais animado de todos.

Ela mesma se sentiu obrigada a beber com os outros uma vez, quando as mulheres acompanharam os homens até o bar. Diana já havia entendido que a aguardente era um rito de camaradagem e não beber significava um desrespeito. Riram quando ela se engasgou e tossiu com a bebida, que lhe pareceu forte. Retrucaram que na verdade aquela era bem fraquinha. Na estrada, Diana iria provar coisa melhor.

Ainda meio engasgada com a ardência na garganta, Diana ouviu por alto, sem poder prestar atenção, o nome de outra bebida. Essa, sim, realmente forte; até mais do que isso, não era só forte. Um nome que ela jamais tinha ouvido. Achou que os homens baixavam o tom de voz ao mencionar a bebida e que uma sombra de reverência abafava sua entonação, em geral alegre. Diana pressentiu um tom de segredo: falavam de uma raridade, poderes especiais. Mas Diana assimilava alegremente essas impressões, despreocupada, satisfeita com sua coragem de ir tão longe de casa.

Na cabine do caminhão, além do motorista sentaram-se uma mulher com um bebê e uma senhora idosa e meio gorda. Todos os outros iam atrás, espremidos e acomodados do jeito que podiam, entre latões de leite, alguns cheios e outros vazios. Os passageiros sentavam-se sobre uma camada de brita de construção, que ocupava todo o fundo da carroceria. Alguns puxavam sacos de esterco e cimento para baixo de si, a fim de evitar o desconforto das pedrinhas que espetavam a carne. Na falta de espaço, o motorista tratou de acomodar boa parte da bagagem dentro dos latões vazios. As bolsas, sacolas e malas dos passageiros acabavam se impregnando um pouco do cheiro do leite que descera de manhã.

Havia também alguns tijolos, ferramentas de lavoura, mangueiras, telhas, latas de querosene e areia de construção misturada com a brita solta no fundo da carroceria. O motorista, sem parar de brincar e dar risadas com os passageiros, conferia as notas fiscais de tudo o que levava ali dentro. Diana imitou os outros, tratando logo de se instalar num dos ângulos da parte traseira da carroceria, a fim de ter uma boa visão da paisagem. O tempo previsto era de duas horas. Valia a pena um esforço para se acomodar da melhor maneira possível. Se bem que sua satisfação mais íntima, na verdade, dependia de uma dose de desconforto.

Fazia sol. Mesmo assim o motorista acomodou um toldo de plástico azul, enrolado junto ao teto da cabine. Em caso de chuva, estava pronto para ser estendido sobre uma armação de ripas de madeira e cordões que se cruzavam por cima da carroceria. A regra era chover de tarde. Gotas grossas e duras como parafusos, que batiam com força de encontro à terra e estalavam nas folhas largas da vegetação. Com o impacto repetido, as folhas ficavam sacudindo o tempo todo nas margens da estrada.

Quando o motorista deu a partida e deixou a cidadezinha para trás, o caminhão logo tomou uma posição oblíqua, com o nariz voltado para cima — posição que manteria por quase todo o percurso. Em consequência da inclinação, boa parte das pessoas e da carga se deslocou dentro da carroceria. Foi necessário improvisar um novo arranjo, na confusão dos buracos e das guinadas do caminho.

Rindo, se empurrando, se apertando, os passageiros sentiam e escutavam o ruído da brita solta que corria por baixo de seus corpos. Diana se agarrava a uma escora de madeira, espremida no mesmo ângulo da carroceria onde começara a viagem. Com certa preocupação, viu sua mochila deslizar para trás de um monte de sacos e malas, do outro lado da carroceria, e depois sumir de vista.

Às vezes, a floresta corria toda para o lado direito da estrada e do lado esquerdo, bem rente, a serra abria precipícios de centenas de metros. No fundo, nos intervalos da mata, quase sempre se via um rio escuro que espumava nas pedras. Diana começou a desconfiar que o risco de partir o eixo não era o mais grave, se fosse o caso de temer alguma coisa.

Depois de uma curva especialmente comprida as nuvens se reuniram numa massa cinzenta, como se estivessem ali à espera do caminhão. O mundo pareceu prender a respiração por um instante, tomar impulso. Logo depois veio a chuva. O motorista parou o caminhão e os próprios passageiros trataram de desenrolar e estender o toldo. Frágil, com buracos e remendos. Em compensação, tinha abas compridas que pendiam soltas dos lados. As abas batiam e esvoaçavam nas laterais quando o caminhão seguiu em frente outra vez. Diana segurou uma ponta do toldo e se enrolou um pouco nele. Como a chuva e o toldo encobriam a paisagem, voltou a atenção para os passageiros.

Bem na sua frente, deparou com um homem velho. A pele cor de carne defumada, todas as rugas de uma fruta murcha. Para se proteger da chuva, ele puxou sobre os ombros uma cortina de plástico do tipo que se usa no chuveiro. Um ou outro dente faiscava na costura franzida da boca quando levava aos lábios um cigarro de palha. O cigarro parecia molhado demais para continuar aceso. Os olhos do velho flutuavam sem direção, num charco de álcool. Em tom de ladainha, murmurava coisas que Diana às vezes não conseguia entender.

Do lado oposto, voltado para a estrada que escorria por baixo do caminhão, outro homem esbravejava absurdos com entonação de desafio entre intervalos de silêncio. No silêncio, a tensão do desafio era ainda maior. Pela ponta do chapéu, diante do rosto do homem, a água da chuva escorria, gotejando vagarosa.

Diana logo percebeu que a ladainha do velho na verdade eram palavras dirigidas a ela e tratavam do homem que gritava voltado para a estrada. O povo dizia que ele era louco e que tinha matado pelo menos dois sujeitos, balbuciou o velho perto de Diana. Foi tropeiro e dizem que matou um homem com a trempe de cozinhar. Dizem que ficou preso um tempo na capital por ter matado um homem lá também, e na prisão acabou maluco. Quando voltou, muitos anos depois, estava assim. Eu não confio nele, repetia o homem, enquanto ajeitava a cortina de plástico nos ombros. Eu não confio nele.

O caminhão parou. O ronco do motor se estrangulou e

emudeceu. Diana viu uns quatro casebres margeando uma curva da estrada. Os passageiros começaram a descer da carroceria, brincando uns com os outros por causa da chuva, enquanto o motorista gritava para todo mundo saltar. Diana entendeu que era uma parada de descanso. Alguns passageiros ficavam ali mesmo, outros novos embarcavam. O motorista aproveitou para arrumar de novo a bagagem, refazendo o monte de sacos e malas e fisgando no fundo dos latões de leite a bagagem dos passageiros que haviam chegado ao seu destino.

A água da chuva pesava no toldo de plástico, tinha formado poças fundas. O motorista pegou um cabo de vassoura para empurrar o toldo para cima e fazer a água escorrer. Apesar da chuva, Diana permanecia distraída ao lado do caminhão, protegida por uma ponta do toldo. Observava o movimento dos passageiros que confluíam para o interior escuro de um dos casebres. Todos se voltaram para Diana e riram quando uma parte da água empoçada em cima do toldo derramou de um jato em cima do seu ombro, encharcando também uma parte do seu cabelo.

Aquele casebre na verdade era uma vendinha, e todos os que desceram do caminhão se abrigaram ali dentro. Rindo, brincando amistosamente, levaram Diana para o interior da vendinha. Quando ela reparou, já segurava um copo na mão, cheio até a metade de uma aguardente cristalina demais para não inspirar alguma dúvida. Aquilo ia fazer bem, diziam a sua volta. Ia esquentar. Essa era melhor do que a lá de baixo.

Não adiantava mesmo se enxugar nem secar a roupa. A chuva não parava de cair, metralhava as telhas do casebre, que pareciam quicar quando a tempestade apertava. Envolvida na agitação das vozes, um pouco perdida em seu próprio susto, Diana entreviu no alto passarinhos que voavam em giros desorientados, nas sombras do vão entre as telhas e as traves de madeira.

Talvez tenha sido a roupa molhada. Ou a aguardente, que

agarrava e corroía por dentro. Aconteceu que um arrepio ondulou do fundo do estômago até a cabeça, e se repetiu, subiu e desceu, cada vez mais fraco, mas não se dissipou completamente. Deixou dentro de Diana um mal-estar que, dali por diante, e aos poucos, iria crescer. Com a mão apoiada no balcão, ela reabriu os olhos quando um cachorro cego esbarrou em suas pernas e seguiu em frente, do jeito que podia, trombando nas canelas das pessoas e nas pernas das cadeiras.

Meio de lado, entreouviu de novo o nome da bebida desconhecida mencionada no início da viagem. O mesmo timbre grave nas vozes masculinas. Talvez examinassem a conveniência de dar um gole daquilo para Diana. De todo jeito, não tinha aquela bebida na vendinha. Falaram de uma fazenda a doze quilômetros. Citaram o nome de um velho que vivia lá sozinho e que parara de fabricar a bebida havia muitos anos. Com o tom de voz que se usa para falar de coisas preciosas, descreveram um grande alambique onde certa quantidade da bebida permanecia guardada havia dez anos ou mais. Mencionaram dois ou três nomes de pessoas que se vangloriavam de ter convencido o velho a ceder uma garrafa, mas a façanha inspirava mais dúvida do que admiração.

Só com grande esforço Diana conseguia compreender tudo isso. Dias antes, as poucas palavras desconhecidas que ouvia se incorporavam ao pitoresco da paisagem e dos costumes. À proporção que avançava na serra, a quantidade de palavras estranhas foi crescendo. Aos poucos, um vocabulário novo substituía o antigo e logo já não eram apenas palavras avulsas. Construções inteiras se alteravam e davam lugar a formas novas de linguagem. E agora, mergulhada na escuridão daquela vendinha, o cabelo ensopado grudando na testa e na nuca, Diana se deu conta do esforço necessário para entender e ser entendida. Pelo visto, tinha ido bem longe. Mesmo assim, Poço Verde ainda não passava de uma direção incerta. Uma dúvida por trás de um morro, um lugar que a serra insistia em ocultar.

Antes de voltar para o caminhão, Diana comeu um pastel recheado com uma carne estranha, ao mesmo tempo fibra e esponja. A mulher atrás do balcão comentou com os homens em volta que ela havia usado carne de um tatu caçado naquela manhã. Outras mulheres falavam com entusiasmo de receitas com carne de macaco, de cobra e de outros animais cujos nomes Diana não conseguia relacionar a formas conhecidas. Nomes que ela experimentava fazer nadar no fundo dos rios, dormir em tocas, voar de uma árvore para outra ou correr pelo mato à noite. Não adiantava. Era em vão que Diana soltava aquelas sílabas pelo mundo, e tinha receio da hora em que teria de mastigar e engolir alguma delas.

Quando o caminhão retomou a estrada, Diana se acomodou de novo em seu canto da carroceria, outra vez enrolada numa das abas do toldo. Via os casebres que se afastavam e desciam com o movimento de algo que afunda. Antes que o caminhão completasse a curva e tudo sumisse atrás das árvores, notou de relance que uma mulher olhava para eles pela fresta de um portão entreaberto. Dava a impressão de ter ficado o tempo todo escondida ali, observando, enquanto os passageiros bebiam na vendinha. Só agora, talvez num gesto de despedida, a mulher teve coragem de se mostrar um pouco mais. De mostrar o rosto tumultuado em que Diana viu a senha da loucura.

Mais adiante, a chuva diminuiu muito, até apenas pulverizar o ar parado. As estocadas de um sol diagonal de vez em quando cortavam tiras de luz no ar. Num ponto da estrada tão ermo quanto qualquer outro, o caminhão parou. O motorista tirou da carroceria uma lata de querosene, uma mangueira enrolada e um saco, no qual, pelo visto, ninguém queria tocar. Pôs a carga num canto da estrada, junto ao ponto onde a floresta voltava a fechar seu emaranhado de galhos, cipós e parasitas. Conferiu uma última vez a carga e a nota fiscal. Voltou para o caminhão e deu a partida.

Por mais que procurasse nas redondezas algum sinal de presença humana — uma trilha, uma cerca, uma porteira —, Diana não encontrou nada. Talvez excitada pelo que ocorrera na última parada, sua imaginação não pôde evitar a ideia de criaturas tão isoladas que não quisessem mais se mostrar diante de ninguém. E imaginou as razões que poderia haver para isso.

Seu pensamento ameaçava se desviar por caminhos estranhos. Assim, foi com satisfação que ouviu a história do cemitério e se viu de volta ao pitoresco e ao inofensivo. Foi de novo o velho com a cortina de plástico nas costas que contou, e Diana mal se deu conta de que, afinal, se tratava de uma história de morte, maldição e defuntos. Meu pai contava, repetia o velho. O cemitério ficava ao lado da matriz e as pessoas mais importantes eram enterradas dentro da igreja mesmo. Isso durou muito tempo e o povo ia à missa e rezava junto dos defuntos. Um dia enterraram lá dentro um homem vadio, meu pai contava. Um homem que desgraçava as mulheres e batia nelas. Logo depois a igreja começou a feder e pararam de enterrar gente lá. Mudaram o cemitério para o alto do morro, quase fora da cidade. Você vai ver, disse o velho.

O cemitério foi mesmo a primeira coisa que Diana viu daquele vilarejo, assim que o caminhão iniciou a curva em declive que levava ao fundo de uma garganta. A linha branca do muro do cemitério ondulava seguindo o desnível do morro. Lá embaixo, as casinhas se acomodavam como podiam entre pedras e saliências, num terreno de inclinações desencontradas. Diana logo veria que nem o chão dentro das casas era reto. As pessoas se postavam numa diagonal em relação ao mundo. Até as árvores se perdiam em ramificações oblíquas. Árvores baixas, esparsas, que encontravam forças para brotar mesmo na reentrância das pedras. Ao longe, a mata apontava mais cinza do que verde, mais espinho do que folha. E, se havia mata, se havia rio, o que predominava era sempre a pedra.

Diana não se sentia bem. Talvez a viagem, talvez a chuva. Três lugares vendiam cerveja e aguardente. Só um vendia outras coisas, inclusive remédios. Comprimidos para dor de cabeça e dor de barriga eram os únicos medicamentos disponíveis. O homem no balcão sugeriu que ela procurasse uma certa mulher que talvez pudesse ajudar, e foi até a porta para indicar o caminho para a casa da sra. Balduína.

Diana seguiu pela trilha apontada. O tempo todo pedrinhas rolavam por baixo de suas botinas. Às vezes precisava parar e arrancar algum cascalho preso nas estrias da sola de borracha. Entre as pedrinhas, algumas evocavam o cristal, outras o metal, outras ainda se tingiam de carvão e argila. Na palma da mão de Diana, aqueles seixos refletiam o sol com um toque feroz.

Balduína não era uma mulher propriamente idosa, mas Diana ficaria muito espantada se aquela menina descalça que passou de um aposento para o outro, no fundo da casa escura, fosse filha dela. Assim, ficou estabelecido que devia ser neta. Ou no máximo sobrinha. De um jeito ou de outro, Diana não foi ali pensando que ia realmente se curar. Havia uma curiosidade rotineira de turista, um impulso tolo. No fundo, reconhecia a bobagem daquilo: uma certa satisfação por se mostrar livre de preconceitos, por ser capaz de admitir um tratamento que só valia naquele local, para aquelas pessoas, mas que para os outros, lá embaixo, seria ridículo.

Nem tábuas nem palha, o chão da casa era a mesma rocha viva sobre a qual a construção fora erguida. Permaneciam todos os ressaltos, todas as dobras e pregas em que a lava se cristalizara milhões de anos antes. Diana sentia que a pedra irradiava de volta, ali dentro, o calor que o sol despejara sobre ela o dia inteiro, lá fora. E a moça logo deduziu que à noite, com a friagem e a umidade da montanha, a rocha e a casa deviam ficar geladas.

Ao colocar a mochila num canto, experimentou com a mão a temperatura da pedra. Constatou que ainda estava quente, embora o dia fosse terminar dali a pouco. Recolheu a mão com um susto ao entrever uma sombra rastejando junto à parede oposta. Identificou um lagarto de dois palmos de comprimento, igual aos que vira do lado de fora da casa e se camuflavam em rocha. Observou o lagarto se esgueirar através de uma fenda estreita na parede, rente ao chão. De costas para Diana, ele meneou o corpo, abanou a cauda numa onda cinzenta e sumiu.

Assim como a menina, dona Balduína só andava descalça. Seus pés se contraíam para baixo e pareciam aferrar-se, em forma de garras, às protuberâncias da rocha. Davam a impressão de que só assim podiam ajudá-la a se manter firme, em equilíbrio, na inclinação geral que tomava o solo da casa.

Diana explicou o que sentia. Contou que pretendia ir a Poço Verde, mas não sabia como chegar lá. A pele de Balduína era da cor de barro cozido no forno, e Diana viu os olhos radiantes da mulher falharem na penumbra. Balduína gritou para dentro da casa, mandou a menina pôr lenha no fogão. Em seguida, pegou a mão de Diana e examinou longamente as unhas, dedo por dedo.

Diana bebeu um caldo quente, arroxeado, no pote de barro que a mulher pôs na sua mão. Alguns flocos afundavam e emergiam na espessura do caldo e se desmanchavam assim que tocavam na língua. Diana julgou reconhecer o contato de raízes e plantas desfeitas. A aderência de algum tipo de gordura animal. O sabor não era nada repulsivo, e de fato Diana se sentiu um pouco melhor, a princípio. Mas notou uma diferença em si mesma. Uma novidade no tipo de interesse com que ouvia as explicações de Balduína sobre Poço Verde. Percebeu um ritmo novo na sua atenção, uma espécie de moleza, um langor da memória. Rarefeito, o passado quase já não pesava.

Antes de adormecer, acompanhou as palavras de Balduína. Fugiu das expressões que não compreendia, desistiu de perguntar seu significado. Balduína contou que tinha ouvido falar de Poço Verde. Disse também que Diana estava fora do caminho. O melhor seria acompanhar um tropeiro que partiria no dia seguinte levando mulas na direção de uma aldeia mais acima. Lá havia uma mulher chamada Ifigênia que poderia ajudar Diana. Talvez ela soubesse indicar o caminho para Poço Verde e ao mesmo tempo fazer alguma coisa para curar aruê — o nome que Balduína dava à doença de Diana. Balduína sabia que a mãe de Ifigênia tinha vindo de Poço Verde pelo menos sessenta anos antes.

Diana acordou na manhã seguinte sem se lembrar de ter adormecido. Fosse pelo caldo, fosse pelo comprimido para dor de cabeça que tomou, Diana sentia-se melhor — mas não curada. Quando esfregou o rosto com as mãos, surpreendeu-se com o toque frio, circular, de uma argola de metal presa no lóbulo da orelha. Até então, não tinha a orelha furada.

Na soleira da porta, Balduína descascava um tubérculo comprido, envolto por um couro peludo e escuro que ela deixava cair, em lascas, no chão a seu lado. Explicou que Diana devia ficar com a argola na orelha até a lua ficar bem cheia. Diana examinou o brinco no espelho e reconheceu aquela cor, aquele brilho de chumbo queimado. A mesma cor e o mesmo chumbo que via nos seixos que tinha de tirar o tempo todo da sola de borracha da bota.

Montada numa mula, Diana seguia um pouco atrás do tropeiro. Experimentou correr a mão pelo lombo suado do animal. O horizonte e as montanhas em volta oscilavam no vaivém da sua cabeça, que sacudia para os lados, ao ritmo dos cascos da mula. O caminho em que viajavam não chegava a ser uma estrada, e nenhum tipo de veículo passaria por ali.

Diana surpreendeu-se ao perceber uma mudança no seu modo de pensar na viagem, nas férias. Sua nova maneira de sentir o roçar do vento e das horas. Não podia evitar a sensação de que seu caminho de volta para casa passava necessariamente por Poço Verde. Ao mesmo tempo, ainda invisível, no fundo, se expandia uma noção nova. A ideia de que Poço Verde seria um lugar que ficava sempre depois, para cima, sempre adiante. Lembrou-se do seu sono pesado e deduziu ter sido tudo efeito do caldo.

O tropeiro nada dizia. A pele do seu rosto rebatia o sol, tão dura e surrada que parecia uma continuação natural do couro do chapéu. Quando Diana perguntou o que era aruê, ele explicou em duas frases difíceis, arrancadas com esforço. Aruê é ruim. Fica embaixo da terra. Um intervalo comprido entre uma frase e outra. E foi só o que disse em todo o percurso.

No fim do dia, chegaram. A mulher que Balduína havia indicado morava num casebre com paredes de barro batido numa armação de galhos entrelaçados. Nos orifícios e depressões dessas paredes corriam e se ocultavam insetos negros e cascudos. Dentro, a fumaça do fogão se acumulava, rolava pesada pelas paredes e pelo teto de palha. Os poucos respiradouros não davam vazão. O ar sufocava em cheiros de carvão, fogo, carne defumada e couro recém-curtido.

Diana viu Ifigênia atarefada atrás de uma cortina de linguiças, paios e chouriços pendurados em ripas de madeira que cruzavam a cozinha, no alto, em várias direções. A fumaça escoava pelos intervalos daquelas cordas de carne e sangue defumado. Diante do fogão à lenha, a mulher se empenhava em atividades difíceis de identificar. Às vezes uma labareda subia e esperneava, a porta da fornalha se abria com o estalejar de uma tora mais verde e, por um instante, a cozinha inteira ardia num clarão alaranjado enquanto sombras corriam pelas paredes e pelo teto.

Ifigênia explicou que ela mesma fazia aquelas linguiças e paios. Diana perguntou se era para vender e a mulher respondeu que não. O marido tinha um apetite fora do comum e só comia carne de porco. Nada de legumes nem frutas. Todo dia, só carne de porco. E doces também, contanto que bem açucarados. Ele dizia que doce tem que ser doce, doce. Ifigênia cerrava o punho no ar para enfatizar a doçura.

A imagem de um ogro deslizou pelo pensamento de Diana, aturdida com a quantidade de comida na cozinha. Ficou satisfeita ao saber que o marido de Ifigênia não estava em casa e que só voltaria dali a uma semana. Ela sentiu que estava pior. Tentou falar sobre Poço Verde, contar o que houve na casa de Balduína. Não soube o quanto pôde revelar antes de suas pernas amolecerem, todo seu corpo se afundar, curvar-se e cair dobrado junto a um cepo, num canto da cozinha.

Devia ter sido o cheiro forte, aquele cipoal de linguiças e a fumaça que empinava junto às paredes. Diana teve uma espécie de desmaio, mas de olhos abertos. Conseguia ver. Só que perdera a capacidade de decidir. O pensamento se encurtou ao mínimo necessário para reconhecer o que os olhos viam, mas ficara tolhido demais para julgar, prever, escolher.

Diana não conseguia se mover, nem mesmo dirigir o olhar para uma direção ou outra. Com o canto dos olhos, porém, viu Ifigênia se aproximar, curvar-se e tocar com os dedos a argola presa em sua orelha. Aruê, ela disse. Voltou para o fogão, prosseguiu em sua atividade anterior e se pôs a falar, gesticulando ora com a colher de pau, ora com o espeto de atiçar o fogo. Parecia segura de que Diana podia ver e ouvir, certa de que logo retornaria ao normal.

119

Aruê pegou a moça. Aruê vive embaixo da terra, preso no fundo. É raro, mas às vezes ele escapa. Sobe por dentro da raiz de uma planta ou foge num veio de água que mina da pedra, entra na mangueira que a gente liga no poço. Ninguém vê. Aruê não tem cor, não tem cara, não tem peso. Um boi abre a vala na terra com o arado, a mulher vai logo atrás para jogar a semente. A faca do arado se enterra mais fundo, solta aruê, ele escapa, um instante só, encosta de leve no cabelo da mulher e volta para debaixo da terra. A mulher para, pensa que é um vento, olha para os lados e quando vai para casa já está doente.

O menino bate com a enxada na terra e aruê pula para fora, dá um soprinho nos olhos do menino e volta para o buraco. O menino agora está doente e não sabe. Às vezes aruê tenta puxar o menino pela canela e o coitado pode até sumir para sempre dentro do buraco. Ninguém sabe. O homem pega a garrafa de aguardente, bebe um gole e sem saber bebe aruê, que veio antes por baixo da terra, entrou pela raiz da cana, subiu e se banhou no caldinho doce do caule. Depois ficou, secou-se deitado nas folhas, de cara para o sol. E aí voltou para o fundo da terra. O homem bebe aruê e fica doente. Aruê vai embora, mas sempre deixa a doença dele.

Pouco a pouco, Diana sentia que ia sendo devolvida a si mesma, só que em partes pequenas, com grandes intervalos que ela se esforçava para preencher com algum tipo de coragem ou orgulho. Sua vontade, que tinha refluído inteira e de um só golpe, começava a retornar, muito de leve — o bastante para que buscasse uma posição melhor e conseguisse sentar-se no chão da cozinha, recostada no cepo. Era um bloco inteiriço, cortado de um tronco de árvore. A casca ainda estava no tronco e espetava de leve as costas.

Primeiro pelo odor, Diana percebeu os porcos lá fora. Veio no ar que a janela da cozinha de vez em quando aspirava com certa sofreguidão. A casa parecia mesmo tossir pelas janelas, sufocada pela fumaça do fogão. Depois, percebeu-os pelos roncos e guinchos, abafados por um rumor de lama. Viu Ifigênia sair, pegar alguma coisa encostada na parede externa da cozinha. Viu o vulto de Ifigênia passar pela moldura da janela com um machado sobre o ombro. Ouviu ganidos de porcos em pânico, o rangido das dobradiças de uma porteira, guinchos mais curtos, numa sequência mais rápida. Uma pancada surda, um baque. O silêncio dos que continuavam vivos.

Um cachorro latiu ao longe e o som seguinte foi de algo pesado raspando no chão, uma coisa arrastada, mas só um pouco de cada vez. No quadrilátero da janela, Diana viu afinal ressurgir Ifigênia. Andava de costas, braços abaixados, puxava um peso com esforço, respirava fundo antes de cada puxão. Só quando a mulher alcançou a altura da porta da cozinha, Diana pôde ver o porco. Mesmo parado, inerte sobre a terra, uma carga líquida parecia ondular por dentro do pelo malhado do animal.

O recorte da porta só permitia a Diana uma visão parcial da cena. Em contraste com a cozinha escura, o sol lá fora ofuscava. Essa luz costurava na fumaça e parecia descer uma cortina de gaze no vão da porta. Com a visão assim meio embaçada ou ofuscada, Diana viu Ifigênia sangrar o porco no pescoço, correr o facão num corte longitudinal do ventre ao tórax e abrir a carcaça com as duas mãos, como um armário emperrado. Logo após romper a caixa torácica do porco, Ifigênia mergulhou um copo de vidro no fundo daquele invólucro ainda quente, ainda palpitante, e ergueu de volta na mão o mesmo copo, cheio até a borda com o sangue que espumava, grosso, e borrava o vidro.

Diana viu a mulher levar o copo à boca e beber de uma vez só. Ifigênia limpou os lábios com as costas da mão e disse que aquilo era muito bom para a saúde, para dar força. De novo cerrou o punho no ar, no mesmo gesto de ênfase: para dar força.

Ifigênia imergiu o copo mais uma vez entre as costelas abertas. Quando veio do sol para dentro de casa e avançou na direção de Diana trazendo na mão um pouco estendida para a frente aquele borrão vermelho, a moça já não pôde evitar o desmaio.

Ao acordar, sem saber quanto tempo depois, Diana entendeu que estava sendo acomodada num carro de boi. Diana se reconhecia apenas em partes. Partes cada vez menores e mais isoladas umas das outras. Rendia-se a um sentimento apaziguador mas infantil: o conforto de se deixar levar, de obedecer aos outros como se não fosse mais necessário escolher.

Com as pernas retraídas num canto do carro de boi, a cabeça um pouco tombada para trás, Diana sentia os buracos e as pedras no caminho das rodas de madeira. Quando o emaranhado das árvores se abria, avistava os picos e as pedras altas que trepidavam ao longe em linhas incertas contra o céu. O eixo de madeira cantava sem parar, num gemido que atravessava Diana de um ouvido ao outro. Tinha a sensação de que sua cabeça estava presa a um outro eixo, que girava dentro dela.

A certa altura, as rodas do carro de boi passaram sobre os troncos e os intervalos de um mata-burro. O ruído e o balanço mais fortes acordaram Diana. Ela viu um jorro de estrelas de uma ponta a outra do horizonte. A lua com a pálpebra fechada até a metade. Um céu caolho. Ia voltar a dormir, quando a água espirrou gelada por baixo do carro de boi. Abriu os olhos e viu as rodas de madeira riscando um V na superfície de um rio raso. O mundo corria sozinho por baixo dela. Pela primeira vez, sentia-se de fato no caminho para Poço Verde.

Quando voltou a si, alguém a levava para o interior de um casebre de pedras e barro com teto de folhas de bananeira. Estavam numa fazendola rodeada por um matagal confuso, no meio de um campo desolado. Na parte de trás do terreno, um milharal se agitava ao vento, em ondas. Outra mulher, desta vez bem mais idosa, estendeu o dedo recurvado e balançou de leve a argola na orelha de Diana. Visto assim de perto, o rosto da mulher não parecia mais do que uma casca marcada por muitos sóis e verões seguidos.

Só uma ou outra palavra escapava da barreira de incompreensão que agora separava Diana daquelas pessoas. Como ela não mais escolhia, havia um sentimento de alívio por estar excluída do sentido das palavras. Viu a mulher abrir um escrínio de ferro e pegar um livro de capa de couro esfolada nos cantos, com um desenho em relevo no centro. Parecia a silhueta de um lobo.

Mais do que escutar, Diana sentiu na pele o farfalhar de folhas secas, o atrito dos dedos da velha procurando uma página no livro. Por fim encontrou o que queria. Sua mandíbula correu um pouco para o lado e Diana avistou a ponta da língua, que tremia, frouxa, ia e voltava na escuridão da boca. Só depois soou o uivo monocórdio, prolongado, em forma de ladainha.

Diana percebeu uma garota a seu lado. Com um carvão entre os dedos, grafava uma série de letras no fundo de uma bacia de barro. Sem raciocinar, Diana entendeu que as letras em carvão repetiam os uivos da mulher, que ressoavam e se perdiam na desolação em volta. A mulher se calou e logo em seguida a menina parou de escrever. Uma das duas trouxe um jarro com leite de cabra e Diana viu a seus pés a brancura espessa sendo vertida em cima das letras de carvão. Viu o texto se desfazer em pó no interior da bacia. Viu as palavras se incorporarem ao giro grosso do leite que, ao rodar, ia esquecendo resíduos negros nas bordas de barro.

Quando ergueram a bacia e fizeram Diana beber, ela não soube se o que engolia era o texto, o carvão, o canto, a cabra. Fosse como fosse, Diana não melhorava. Num lampejo de vontade, procurou reconhecer alguma coisa de si mesma olhando para suas botas de lona. Só encontrou dois blocos de lodo negro e ressecado em que mal enxergava a bota, mal reconhecia o pé.

Dali em diante, Diana perdeu quase toda noção da sequência dos dias e dos deslocamentos. Ainda conseguiu entender que era levada para dois ou três lugares diferentes. Agora, na penumbra de mais um casebre, sob o peso de um torpor que fazia sua consciência emergir e afundar, foi com a força de um clarão que Diana escutou e compreendeu alguém dizer:

— O jeito é levar a moça para Poço Verde. Lá tem gente que sabe como cuidar dela.

Diana ouviu aquilo com alegria. Um contentamento tão completo consigo mesma que o mal-estar e as dores pareciam conquistas suas, de valor. Sentiu que colocavam seu corpo sobre uma espécie de maca feita de galhos grossos, para ser puxada por um cavalo. Sentiu que a amarravam à maca. Atavam a cabeceira da maca ao cavalo com tiras de couro, que rangiam junto de seus ouvidos. A outra ponta ia ser arrastada pelo chão. Enquanto isso, o tempo todo, Diana pensava, entre um desfalecimento e outro, cada vez mais profundos e mais demorados, pensava, é claro, é claro, em Poço Verde tem gente que vai saber cuidar de mim.

Os anéis da serpente

Nunca me preocupei com sonhos. Admito que a necessidade de dormir sempre foi, para mim, a origem de muita inquietação. Ficar na cama virando de um lado para o outro madrugadas inteiras à procura do sono que me abandonou, ou sentir que os olhos fechavam e a cabeça tombava devagar sobre a mesa quando eu queria trabalhar até tarde, sempre foram experiências comuns na minha vida. Humilhações em que eu via minha simples vontade contrariada, ferida por uma espécie de zombaria.

Mas nunca me preocupei com o que sonhava. Foi só quando li uma página das memórias de uma escritora estrangeira que comecei a dar atenção aos meus sonhos. Ou àquele meu único sonho. Único, mas jamais completo, pois não cabia num sono só. Ou era mesmo um sono só e um único sonho, só que dividido em muitas noites seguidas. E essa ideia — que no fim sempre prevalecia — me dava uma sensação ruim quando eu me concentrava um pouco mais no assunto. Eu chegava a inverter as coisas, nesse esforço, e encarava minha vida acordado como uma vigília só, dividida em muitos dias seguidos.

Na verdade, não era nada de mais. Uma bobagem, eu sei. Mas naquele livro a escritora contava que escrevia, certa noite, ao lado da cama em que sua mãe dormia. Idosa e doente, a mãe descansava alheia ao trabalho da filha. Ela escrevia uma página de um romance, uma cena em que um violinista executava um improviso empolgado. De manhã, ao acordar, a mãe contou que tinha ouvido durante o sono uma música de violino.

E daí? Grande coisa. Quem dera meus sonhos fossem com música. Quem dera o escritor que, à noite, enquanto eu durmo, vem sentar à minha cabeceira escrevesse histórias de violinistas. Não sei mais o que havia naquele livro. Sei que quando numa parte do planeta é dia, na outra é sempre noite. Essa banalidade é suficiente para sugerir toda uma civilização de simetrias e contrastes cretinos. Talvez por isso eu tenha demorado a entender que meu sono era tão descuidado e que seus pesos afundavam tão livremente que não seria de admirar que ele, meu sono, ao tocar o fundo, acordasse alguém, em algum lugar, lá embaixo.

Tempos depois, quando algum amigo me visitava em meu cubículo, levava sempre um susto quando eu gritava alarmado e pedia que não sentasse na cama. Primeiro era preciso que eu retirasse de debaixo do lençol os grampos, espetos, cascas duras, tudo o que fere e incomoda e que eu tinha colocado ali justamente para não dormir. Ou pelo menos para que meu sono não se prolongasse nem fosse muito fundo.

Não gosto de pensar na cara que as visitas, as minhas pouquíssimas visitas, faziam ao me ver recolhendo aquelas peças. Como eu sabia que o corpo tem uma facilidade instintiva para encontrar posições confortáveis mesmo nas circunstâncias mais difíceis, eu escolhia com todo o cuidado o lugar em que instalava os objetos. Por isso às vezes era preciso dar ainda uma última busca, por garantia, antes de a visita poder sentar sem o risco de se ferir. Enfim sentavam — não havia onde sentar, senão na

126

cama — e olhavam para mim. Misturado na sua expressão, havia um contentamento que nada poderia disfarçar. Estava claro que eu me achava do outro lado de uma fronteira e que eles estavam a salvo.

Era mesmo uma questão de fronteiras e de salvação, mas menos para eles do que para mim. Não sei direito quando comecei a perceber. Toda noite, meu sonho iniciava com um homem acordando. Sempre o mesmo homem, no mesmo quarto alugado numa pensão pobre. Alguém batia na porta, rosnava duas ou três sílabas que nunca entendi e o homem despertava. Esticava os braços fortes para fora da cama, que rangia.

O homem sentava, apoiava os cotovelos nos joelhos, afundava o rosto nas mãos. Esfregava os olhos e depois puxava o cabelo liso para trás, enquanto apalpava com as mãos abertas todo o contorno do crânio até a nuca. Na janela, via-se o halo de luz de um poste lá fora. O clarão momentâneo dos faróis de um carro atravessava as folhas de uma árvore e iluminava uma espécie de cardume de peixes em movimento no teto do quarto. Era noite, sempre.

Eu deveria ter notado tudo isso antes, quando talvez ainda fosse possível impedir. Mas, como já disse, eu não ligava para os meus sonhos. Eles eram fáceis de esquecer, como quase tudo, para mim. Se já não costumo colecionar os dias da minha vida, nem os nomes das pessoas que conheci, quanto mais os sonhos. Seja como for, certa noite comecei a entender.

Era sempre o mesmo homem, já disse. Um pouco mais velho do que eu, mal-educado, agressivo, sem paciência. Quando tirava a camisa, entre o braço e o ombro via-se uma cicatriz tão funda que, daquele lado, seu braço dava a impressão de ser um pouco mais curto do que o outro. Ali a pele se encolhia para dentro e os músculos pareciam ter sido desfibrados por uma sucção. Isso contrastava com o tórax amplo e com o corpo inteiro musculoso.

Notei que o sentimento mais constante naquele homem era a raiva. Notei que as pessoas o temiam e ao mesmo tempo o desprezavam. Mas isso foi mais tarde, aos poucos. O sonho era muito longo e nas primeiras noites reparei mais no aspecto físico do homem e em seu quarto. Ele tinha certa vaidade com as roupas, que arrumava com esmero nos cabides e nas gavetas. Roupas muito usadas, mas de boa qualidade. Gostava de ver o vinco bem reto na calça, o sapato de couro brilhando. Qualquer problema, ele logo descia os degraus aos pulos para insultar e humilhar a lavadeira da pensão, mesmo que fosse na frente dos outros e até diante da filha dela.

Era um sonho confuso, com saltos e interseções absurdas, como são os sonhos. Aos poucos fui juntando os pedaços, embora ainda não desconfiasse que aquele homem também andava juntando outros pedaços, que ele também dormia e sonhava. Afinal, eu só o via acordado e sua vida transcorria apenas durante a noite. Ele trabalhava como segurança numa espécie de boate de baixa categoria. Tinha que lidar com gente mais ou menos igual a ele, só que mais fraca.

Toda noite eu o via se arrumar no quarto antes de sair e, entre outros cuidados, punha sempre no bolso um canivete de cabo de osso acoplado a um cortador de unha com o qual aparava a ponta das unhas bem tratadas. No dedo, enfiava sempre um anel dourado e lustroso. Aquilo se repetia e tentei me concentrar no anel, que eu só podia ver à distância. Com o tempo, consegui focalizar melhor a joia, e valeu a pena, pois se tratava de um anel muito bonito, em forma de cobra. O corpo da serpente dava três voltas completas ao redor do dedo, até terminar numa cabeça chata, um pouco levantada, com duas minúsculas pedras vermelhas que ardiam nos olhos. É curioso que o anel estivesse sempre limpo e polido, embora eu nunca visse o homem se dedicar a essas tarefas de manutenção. Nem mesmo o via tirar o anel antes de dormir.

Pensando nisso, compreendi que na verdade eu nunca via o homem voltar para casa e dormir. Exceto por isso, tudo o que ocorria na sua vida era do meu conhecimento. Àquela altura o intervalo, o hiato onde o homem podia se ocultar e agir sem a minha vigilância ainda não me inquietava. Eu me satisfazia, ou me tranquilizava, com a conjectura natural de que ele, vivendo apenas de noite, devia mesmo dormir durante o dia inteiro.

Claro que não era agradável ir dormir toda noite sabendo que assistiria a mais uma jornada na vida daquele estranho. Não era fácil ir deitar na certeza de que ele estaria a postos no meu sono, à espreita, à minha espera, como uma espécie de fatalidade. Já era um sono com mais tensão do que repouso, mas não foi ainda por isso que comecei a ter medo de dormir e passei a pôr grampos na cama.

Por essa época, certas partes do sonho se fixavam um pouco mais no meu pensamento e demoravam a se desfazer no vazio da memória. Certa manhã, ao pôr os pés na rua e ver a banca de jornais na esquina, lembrei que o homem do meu sonho, depois de sair da boate no final da madrugada, havia comprado um jornal, a caminho de casa. A mesma manchete que eu vira no sonho via agora de novo no jornal pendurado na banca. Assim que cheguei ao trabalho, contei essa coincidência para o Mendonça, um advogado que trabalha numa mesa ao lado da minha, na companhia de seguros onde estou empregado. Ele escutou muito sério e disse:

— Isso é mais comum do que a gente pensa. Li uma vez num livro. Sem perceber, sem saber o que está fazendo, a gente põe na memória e num sonho uma coisa que só viu mais tarde, e depois jura que já tinha visto aquilo antes. Nada de mais.

Mendonça me disse essas coisas com ar paternal, em parte para me tranquilizar, em parte para me instruir. Ouvi palavras semelhantes de mais uma ou duas pessoas e compreendi que não podia falar com ninguém sobre meu sonho. Hoje acho que eles, se soubessem a verdade, teriam ainda mais medo do que eu e fugiriam correndo para trás de suas explicações. Por minha vez, eu não podia ainda supor que aquelas explicações vinham do mesmo lugar de onde vinha meu sonho.

Sei que para muita gente meu serviço na companhia de seguros não passava de monotonia e burrice. Acontece que sem a minha capacidade de conferir papéis e localizar erros em contas e no preenchimento de formulários a companhia há muito teria falido e até o prédio teria vindo abaixo. Não me queixo. Contudo não ignoro que os colegas, no fundo, me desprezavam, e às vezes me assusto com o desprezo que eu mesmo sentia e sinto por eles. Muitas vezes também me assusto quando noto que não consigo ter a menor ideia do que eu e todos eles mereceríamos se um dia, de algum modo, recebêssemos o que é justo.

Da janela ao lado da minha mesa eu via dezenas de janelas de escritórios estendendo-se em todas as direções. Uma paisagem tão quadriculada que chega a espantar que eu nunca tenha visto, em todos esses anos, alguém se debruçar sobre um dos parapeitos e uivar feito um lobo. Numa das janelas, às vezes eu detinha o olhar para observar uma mulher morena, de mãos compridas e cotovelos ágeis que se flexionavam com leveza. Tinha um sorriso sincero e se vestia de jeito discreto. Gradualmente consegui observar detalhes que àquela distância pareciam impossíveis de notar. Mas é uma questão de olhar com força, de fixar o foco, eliminar o redundante e tirar vantagem do fato de que é sempre a mesma pessoa que está ali, uma pessoa que forçosamente repete elementos de alguma rotina.

Talvez não seja exagero dizer que criei uma técnica. A gente escolhe um ponto de cada vez e imagina que só ele e o nosso olho existem no mundo. A gente circunscreve com firmeza o pensamento, impede que a mente fique pairando ociosa. Assim, a atenção consegue isolar, esquecer o que está em volta, e o ponto, o foco do nosso interesse, de repente se revela em cada linha, ampliado, orgulhoso, na ilusão da sua aparente proeminência.

É uma traição, admito, um modo mais de enganar o mundo. Mas desse jeito vi que ela preferia sapato mocassim e meias brancas, não pintava as unhas nem os olhos e usava um batom suave. Notei que nos dedos não tinha anéis. Conheci seus brincos, um por um, par a par, e quando brincos novos apareciam eu logo lhes dava uma atenção especial. Minha curiosidade tentava descobrir em cada nova peça alguma alteração significativa na vida daquela mulher.

Essa observação repetida não atrapalhava o serviço. Ninguém notava meu interesse por aquela janela. Tenho certeza disso. Tenho certeza também de que a mulher nunca percebeu minha atenção. Um dos pilares da minha técnica consiste em não dar a impressão de que estou observando e até, na medida do possível, aparentar distração, desinteresse.

Mas eu não me dedicava apenas a essa caçada de detalhes minúsculos. Sabia admirar também o conjunto, a elegância dos movimentos da moça, os braços compridos quando abriam gavetas, folheavam pastas, ondulavam por toda a extensão da escrivaninha, enquanto os ombros oscilavam. Admirava também seus períodos de imobilidade, o queixo apoiado na mão, a linha dos cotovelos, dos dedos. E me vinha a mesma ideia que a gente experimenta quando contempla uma árvore: a impressão de que está imóvel e de que ao mesmo tempo não para de crescer.

Assim, eu podia até acompanhar a respiração da mulher. Chegava a sentir o momento em que ela inspirava, marcar o tempo que o ar custava para entrar, a pausa, e em seguida a expiração, que sempre demorava um pouco mais do que a inspiração. Quase podia ouvir a fricção do ar de passagem pela garganta, pelas narinas. Quando ela movia os lábios, no entanto, eu não conseguia de modo algum imaginar uma voz que se encaixasse. Vista de longe, a moça era assim, digamos, um acompanhamento sem melodia.

Durante anos, naquela firma, meu trabalho consistiu apenas em prestar atenção — tarefa para a qual pouca gente parece habilitada. No entanto demorei a prestar atenção em meu sonho. Dormia distraído, como se não fosse comigo. E não devia mesmo ser. Quando eu acompanhava os movimentos do segurança, na hora em que ele passava entre as mesinhas da boate rumo ao caixa e depois de volta à porta e à calçada, era inadmissível supor que aquilo me dissesse respeito. A escuridão avermelhada, a música alta, as pessoas que falavam aos gritos, a cor, o aroma, a química corrosiva que as bebidas exalavam, nada daquilo se comunicava comigo: nem com as partes mais remotas do meu pensamento, nem com os meus segredos, pois eu os conhecia bem. Eram feios, como os de todo mundo, mas não daquele jeito.

Com o tempo, certos gestos e olhares do homem, talvez linhas mais fundas ao lado da boca e na testa, criaram em mim a sensação de que sua irritação havia aumentado. Ao acordar de manhã, ele enfiava o anel de cobra no dedo com certa brutalidade. Ao se arrumar diante do espelho, sua raiva contida se expandia em volta na forma de ondas invisíveis mas quase palpáveis. Como estava na frente do espelho, sua expressão enfurecida parecia se dirigir contra mim, que sonhava.

De vez em quando ele tinha uma noite de folga. Costumava passar essas noites em duas outras boates ou na companhia de uma mulher que não parava de fumar e cujas roupas de vez em quando ele gostava de levar ao nariz e cheirar. Tentava inutilmente farejar no tecido algum vestígio misterioso, e a mulher tossia risadinhas para zombar daquela excentricidade.

Numa das noites de folga, vi o homem tomar outra direção, caminhar hesitante por calçadas escuras, parar de vez em quando para olhar em volta, pensativo, como se estivesse decidindo alguma coisa. Ou como se tentasse lembrar, reconhecer. Em seguida recomeçava a andar, atravessava ruas, cruzava praças, contornava quarteirões inteiros numa persistência que, a rigor, não era nada mais do que um ódio transformado em método.

Numa dessas perambulações, vi o homem parar num ponto de ônibus. Seria uma ou duas da madrugada. Eram raros os carros. Os ônibus, mais escassos ainda. Depois de certo tempo veio um ônibus, luzes acesas se refletiam de leve no asfalto oleoso. O homem se empertigou, observou o número no letreiro luminoso e, como não fez sinal, o ônibus passou direto, sumiu numa curva logo adiante.

De repente, um caminhão-guincho enorme saiu de uma esquina. Fez a curva na rua vazia, o motor rugiu com estrondo, e seguiu em frente, aumentou a velocidade. O fragor de ferros soltos que se entrechocavam podia lembrar uma gargalhada. Na parte de trás, uma corrente grossa pendurada só por uma ponta sacudia para os lados, tilintava e raspava no asfalto, provocando faíscas. Impassível, recostado no poste, o homem contemplou a visão também desaparecer depois de uma curva. Parecia um presságio, mas ele não deu sinal de se importar com isso.

Tirou o canivete de cabo de osso do bolso e começou a cortar as unhas, que estalavam com muita força. Depois veio outro ônibus, outro número que ele conferiu, e dessa vez estendeu o braço. O ônibus parou e ele subiu. Eu conhecia aquele número, conhecia aquele ônibus. Era a linha que eu mesmo pegava todos os dias para ir para o trabalho e voltar. O segurança da boate nunca andava por aquele lado, jamais pegava aquele ônibus. Depois de subir os três degraus, examinou o interior do ônibus num evidente esforço de reconhecimento. Chegou a levantar um pouco o nariz, como se farejasse. Mas era inútil.

Quatro passageiros. Um deles dormia. O trocador fez a moeda do troco estalar em cima da mesinha da gaveta de dinheiro, ao mesmo tempo que abria um bocejo prolongado, estreitando as pálpebras. O homem sentou-se junto da janela e, até o ponto final, não tirou mais os olhos da rua. Depois pegou o mesmo ônibus de volta e, em certos trechos da viagem, virava a cabeça acompanhando algum prédio ou esquina que passava, num gesto que deixava para trás interrogações sem respostas. Quando passou pelas imediações do meu trabalho, senti que um lampejo de dúvida rompia de alto a baixo sua consciência. Dava a impressão de que refletia, meio ofuscado por um clarão, se o lugar era de fato o que parecia ser.

Quando o ônibus passou perto da minha casa, ele não experimentou nada semelhante — talvez apenas uma curiosidade bastante vaga e remota. Já nesse momento, embora ainda sem saber por quê, eu me senti reconfortado e seguro com a reação do homem. Alívio tanto maior porque, à medida que o ônibus se aproximava da minha casa, eu via meu nervosismo crescer, quarteirão após quarteirão. Mas por que eu teria alguma coisa a temer daquela proximidade sonhada?

Com certo orgulho, fui compreendendo que aquele homem não possuía um poder de observação tão desenvolvido quanto o meu. Em compensação, era óbvio que se movimentava com muito mais liberdade, pois se eu quisesse um dia ir até a sua boate não fazia a menor ideia de onde ficava nem de como chegar lá. Essa comparação, que logo reconheci como absurda, veio à minha cabeça de modo espontâneo, sem crítica nem reflexão, no automatismo de quem completa um espaço vago na linha de um desenho. A mecânica das simetrias já manobrava meu pensamento. Um jogo que resolvia os problemas no meu lugar.

Certo dia, depois do trabalho, resolvi ir ao cinema, o que me deixaria acordado até mais tarde do que era de costume. Disse "resolvi", mas hoje parece mais correto, mais sensato, dizer que fiz força para acreditar que era uma decisão minha. Cochilei um pouco durante o filme e quando a sessão terminou vim para a rua e peguei o mesmo ônibus de todo dia. Só mais tarde, já sonhando, fui lembrar que tinha esquecido o guarda-chuva enfiado no vão estreito entre o banco e a parede do ônibus. Era noite de folga do segurança da boate e, no meu sonho, assim que ele sentou no ônibus para cumprir sua ronda, fez gestos de quem procura alguma coisa. Num instante encontrou meu guarda-chuva no lugar onde eu mesmo o havia deixado.

A lógica era apenas um dos elementos que o sonho tomava emprestado da vigília. No caso, a ideia era que o ônibus que tinha me levado para casa já tarde da noite devia ser um dos dois únicos carros daquela linha que ficavam rodando a noite inteira, repetindo o mesmo trajeto. Parece que o segurança sabia disso. Sabia o que procurava. Segurou o guarda-chuva com a satisfação de quem confirma sua crença. O contentamento de quem consegue, depois de muito esforço, lembrar uma coisa que havia sumido na memória. As varetas de metal por trás do náilon do guarda-chuva chegaram a estalar sob a pressão de seus dedos.

Nessa altura, para mim, o sono e o medo andavam sempre juntos. Eu queria me livrar daquele sonho, daquele homem, mas não sabia ao certo o que eu devia temer. Primeiro o ônibus, depois o guarda-chuva: o sonho do segurança traçava uma espécie de órbita ao redor de minha vigília. Uma órbita que aos poucos se estreitava.

Tanto assim que certa noite vi, na boate onde o segurança trabalhava, a mulher da janela em frente ao meu escritório. Estava com outras moças. Parecia se divertir, mas não se sentia muito à vontade. Era óbvio que não estava habituada e que o ambiente a assustava um pouco. O segurança, naquela noite, entrou e saiu da boate mais vezes do que o normal. Observava a mulher de longe, sem ela perceber. Entre silhuetas de cabeças, corpos que dançavam e gargalos de garrafa, o homem disparava interrogações com o olhar e aquelas linhas pairavam no ar enfumaçado da boate.

A mulher não ficou até muito tarde; dava sinais de sono quando saiu. Ao passar pela porta, seus olhos se cruzaram com os do segurança. Ou talvez com uma cicatriz muito fina que ele tinha logo acima da sobrancelha. Seja como for, alguma coisa a deteve por alguns instantes ali distraída, diante dele, e as outras moças tiveram que chamar por ela para entrar no táxi que já as esperava.

Na manhã seguinte, assim que cheguei ao trabalho, focalizei a janela da moça. Ela ainda não havia chegado, mas pouco depois apareceu. Podia não significar nada, porém achei que seus olhos estavam um pouco pesados. Mais tarde a surpreendi bocejando.

Eu me irritava agora ao ver, no sonho, toda noite, meu guarda-chuva pendurado no quarto do segurança. Parecia provocação. A presença da mulher na boate só vinha piorar as coisas. Comecei a ter a impressão de que eu vivia num plano inclinado, de que essa inclinação se acentuava e assim tudo à minha volta tendia a deslizar na mesma direção, para baixo, onde corria o meu sonho. Lá no fundo, o homem da cicatriz no peito aguardava, pronto para recolher o que caísse.

Combater aquele homem era combater o sono. Assim, espalhei grampos e objetos incômodos pela cama. Gravetos com pontas, cascas secas, coisas malucas. Tentei me manter acordado à noite, não deitar, sair de casa e ficar caminhando. Logo compreendi o risco que isso trazia. O cansaço era mais perigoso do que a cama e eu podia adormecer em qualquer lugar: um banco de praça, uma mesa de bar, um assento de ônibus. Um local onde ele poderia até, quem sabe, me encontrar dormindo.

Por outro lado, minha resistência ao sono representava uma perturbação na vida do segurança. Agora ele às vezes se via acometido por sonolências ou desmaios súbitos — na boate, na rua, em qualquer lugar. Seus amigos zombavam dele por esse motivo, chamavam-no de velho, senil, fracote, alguns quiseram até falar em epilepsia, e confundiam as sílabas. Mas, exceto esses lapsos, minha luta contra o sono não me trouxe nenhuma vantagem importante.

Irritado, o homem redobrava seus esforços de atenção e de busca nas rondas que fazia durante a madrugada, de ônibus e agora também a pé, nas imediações do meu trabalho. Começou a fazer perguntas às pessoas, aos vigias noturnos dos prédios, tentava descrever as feições de um indivíduo, nas quais consegui adivinhar meus próprios traços. Felizmente vi que ele não se sentia muito seguro de minha fisionomia. Várias vezes o homem pegava uma caneta e começava a rabiscar num guardanapo de papel ou na fórmica de uma mesa de bar. Traços de uma espécie de rosto confuso, a minha cara, que no entanto nunca se definia.

Um fato extraordinário aconteceu certa noite, alguma interseção sutil, algum fio que correu no frouxo nó que ligava meu sono incompleto aos desmaios abruptos do segurança. Sonhamos os dois ao mesmo tempo e sonhamos com uma cobra. Um instante, um lampejo. Rastejava entre a grama, a caligrafia de um S. O couro do animal era quase dourado, rodeado por uma série de listas negras, paralelas, como anéis. De vez em quando as escamas faiscavam, refletiam um sol quase horizontal. As listas pretas confundiam-se com as sombras que a grama estendia sobre a terra. Listas, sombras, entrelinhas. A intervalos, a língua bifurcada palpitava no ar, sondava o vazio, enquanto a serpente se esgueirava em seu caminho até a beira da água. Um remanso de superfície tão lisa que parecia conter a solidez da pedra. Devagar, em diagonal em relação à margem, a cobra deslizou seus anéis um a um para dentro da água e depois se deixou flutuar ao acaso. Anéis concêntricos de água nasceram e cresceram em torno do seu corpo. O céu, até então refletido em paz na superfície do lago, pouco a pouco foi colhido e torcido no laço daqueles anéis em expansão.

Quando acordou do desmaio, sem saber que rumo dar aos pensamentos, o segurança apalpou instintivamente o anel de serpente no dedo. Por minha vez, quando acordei de manhã, experimentei uma sensação inexplicável de alegria, quase uma exultação interior. Embora sem poder definir nada, entrevi naquela confusão uma forma de me libertar — a mim e também a ele, ainda que fosse trancafiando a nós dois para sempre na mesma prisão.

Acho que foi pouco depois daquela noite, mas não posso jurar. No horário de almoço eu sempre dava urnas voltas pelas ruas do centro da cidade. A confusão das pessoas, do comércio, dos carros e camelôs distraía meu olhar. Um dia, um pregador na calçada, com a Bíblia na mão, chamou minha atenção. Falava de uma serpente. Falava sozinho, ninguém queria ouvir. Sua voz era magra, algumas palavras se afogavam na garganta, sufocadas no fôlego curto. Seus olhos apontavam para uma faixa acima da cabeça das pessoas e seu rosto contraído indicava um enorme esforço para falar. Mesmo assim, só bem de perto se podia ouvir alguma coisa.

"*A serpente era o animal mais sábio do paraíso e o Criador a amaldiçoou e a chamou de demônio porque ela convenceu o homem a comer da árvore do bem e do mal. A serpente disse: Deus sabe que no dia em que vocês comerem desse fruto seus olhos se abrirão e, como Deus, vocês serão conhecedores do bem e do mal. O homem comeu e seus olhos se abriram e o Criador disse: Eis que Adão se tornou um de nós, conhece o bem e o mal. Para que não estenda a mão e coma também da árvore da vida e passe a viver eternamente, eu o expulsarei do Jardim do Éden a fim de lavrar a terra de que foi formado. E o Criador pôs querubins armados com espadas para guardar o caminho até a árvore da vida. Que Deus é esse que chama o mal de bem e o bem de mal? Que Deus pode ser assim ciumento e malicioso? Não, esse Criador é o Demônio. Ai de quem ler e não entender que o amigo do homem é a serpente, que tentou salvar e socorrer o homem e lhe dar a sabedoria e a vida eterna...*"

Se aquilo soava extravagante, também tinha lógica e audácia. Era de admirar que ninguém viesse apedrejar o homenzinho na calçada, se bem que só com esforço se pudesse ouvir e adivinhar suas palavras. As pessoas riam ou sacudiam a cabeça, um até gritou "herege". Mas no meu pensamento ficou gravada a imagem da cobra. A sensação da sua presença invisível entre as folhas de grama.

Agora, de dia eu via a mulher na janela, e de noite eu a via em meu sonho. Não toda noite, claro, mas o fato é que ela voltou outras vezes à boate. Como não podia deixar de ser, pouco a pouco passou a ficar mais à vontade. Dançava, ria bastante, não aparentava sentir perigo algum, embora fosse bem claro que aquele ambiente estava abaixo do seu nível social. O segurança, que no início se limitava a olhar de longe para ela, passou a sorrir e cumprimentar. Até que uma noite ele ajudou a moça a se livrar de um homem inconveniente, de aspecto um pouco ameaçador.

Os dois homens travaram um confronto de meias palavras e olhares meio loucos, nos quais na verdade se calculava friamente o que se perdia e o que se ganhava. Com certa surpresa, o homem inconveniente logo adivinhou que havia alguma outra coisa, que a motivação do segurança ia além da obrigação profissional. Encolheu os ombros e foi embora. A moça se mostrou grata e ofereceu ao segurança uma bebida. Ele disse que não bebia no trabalho. Ela pediu que ficasse um pouco com ela, não queria ficar sozinha, pois as amigas já tinham ido embora. Ele respondeu que sim.

Mais tarde foram dançar e ela se deixou apertar bastante. Havia uma tensão incomum no olhar do segurança, uma impaciência que ela confundia com ardor. A moça não podia adivinhar que a vibração nos olhos dele e a pressão com que a apertava nasciam de uma dúvida, que agitava seu pensamento: "Parece que já vi essa mulher antes, em outro lugar".

Pode ter sido a bebida, não sei. A mulher pediu que ele a levasse para casa. O segurança conversou com o gerente, que o liberou. Ele a levou não para a casa dela, mas para o seu quarto de pensão. De madrugada, acordei com a sensação de ter escapado de um pesadelo, mas na verdade não escapei de nada. E também não voltei a dormir.

Quando cheguei ao trabalho, olhei para a janela da mulher e vi que sua mesa estava vazia. Uma capa de plástico cobria o computador. Eu já não conseguia conter o raciocínio nas aparências do bom senso, da sensatez. A ausência da moça e sua mesa vazia delineavam uma imagem bem clara. Minha existência perdia substância, se despovoava, pilhada pelos assaltos noturnos do homem do meu sonho. Eu precisava me opor àquela força e não podia mais me restringir aos grampos, gravetos e outras bobagens espalhadas na cama. Sem que eu percebesse, ao meu lado, Mendonça me observava e se espantou com meu ar distraído.

— Está sonhando de olho aberto? Se eu não conhecesse você, podia pensar que está apaixonado.

A mulher só veio trabalhar depois do almoço. Dessa vez, não havia dúvida. Tinha olheiras embaixo dos olhos e seus movimentos fluíam com uma languidez incomum. No início eu estava nervoso demais para me concentrar em algum detalhe diferente, porém mais tarde, quando ela apoiou o queixo na mão direita e encarou o vazio, parada, notei uma novidade. Havia um anel no seu dedo. Um anel dourado.

A distância da minha janela para a janela da mulher era bem razoável, eu já disse. Em circunstâncias normais, outra pessoa talvez nem notasse anel nenhum. Mas eu não só vi que no seu dedo havia um anel como também desconfiei de mais alguma coisa. Certa oscilação de luz no seu jeito sinuoso de brilhar. Ou alguma ranhura faiscante que se enganchou em meus olhos quando a mão da moça se moveu, imprevista.

Do mesmo modo que o cirurgião cobre o corpo que vai operar com um lençol e deixa apenas um furo no local onde vai trabalhar, assim me fixei no anel. Abstraí o mundo em volta. Cancelei o redundante e vi o impossível: a serpente, o mais sábio dos animais do Paraíso, a verdadeira amiga do homem, dava três voltas completas ao redor do dedo da mulher, para terminar com a cabeça chata levemente erguida e dois olhos vermelhos que ardiam em rubis.

Fechei os olhos e cobri o rosto com as mãos. A serpente queria me salvar. Havia convencido a mulher a provar o fruto proibido para inverter a simetria e restaurar o equilíbrio a meu favor. Agora, pela primeira vez, era uma parte do sonho que corria para a minha vigília. Eu dispunha de um novo poder e não poderia perder a chance de usá-lo.

No final do expediente, fui esperar na portaria do prédio onde a moça trabalhava. A moça saiu com uma amiga e, por um instante, estendendo a mão na altura do rosto, mostrou para ela o anel. Dois quarteirões adiante, as duas se separaram. A amiga foi para o ponto de ônibus e a moça se dirigiu para o metrô sozinha. Entrei no mesmo vagão que ela e a segui, a certa distância, quando saiu do metrô e atravessou uma praça arborizada e já escura àquela hora. Quando entrou no prédio onde morava, corri para alcançá-la.

Cheguei na hora em que entrava no elevador. Havia mais uma pessoa e apertei o botão do último andar. Por sorte, o terceiro passageiro saltou primeiro. A moça olhava para o chão numa espécie de cansaço ansioso. Era óbvio que não ia me entregar o anel de boa vontade. Não sabia que tinha uma serpente enrolada no dedo. Quando esbarrei com as costas nos botões de emergência e luz e o elevador ficou escuro e parado no intervalo entre um andar e outro, a mulher chegou a emitir um som de espanto, meio distraído, é verdade, como se estivesse pensando em outras coisas, mas que mesmo assim logo abafei com a mão.

Depois de sair do elevador e descer correndo as escadas, vi que a arma que ela tentou usar contra mim era um canivete de cabo de osso combinado com um cortador de unha. Como me pareceu que aquilo não era o tipo de coisa que um homem dá de presente a uma mulher, passou pela minha cabeça a ideia de que ela também tivesse roubado o anel enquanto o segurança dormia.

A caminho de casa, lembrei a imagem da mulher que vi tantas vezes na janela, os movimentos dos braços, as ondulações dos ombros. Porém isso foi só um instante. O anel queimava no bolso do paletó como um talismã já em ação, e eu contemplava as ruas e as pessoas ainda sem entender direito que era a última vez que veria tudo aquilo. Quando entrei num restaurante e pedi um vinho para acompanhar a refeição, esse pensamento me passou pela cabeça. Mas eu estava agitado demais para me fixar em alguma coisa. Limpei o anel e o coloquei sobre o pano branco da mesa. Enquanto comia, fixava o olhar nele e sentia com satisfação que os olhos vermelhos da serpente me cumprimentavam, num sinal de boas-vindas. Em torno de mim, crescia uma sensação de paz e, por que não dizer, de triunfo com a ideia de que meu dedo logo estaria rodeado pelas três voltas do corpo da cobra.

Embora sem intenção muito clara, devo ter pedido vinho para relaxar e dormir melhor. Ao chegar em casa, retirei da cama todos os grampos, gravetos, cascas secas, pinos, tudo que representava a negação do meu sono. Eu não precisava de nada mais além do anel. O canivete já era um exagero, uma reserva para alguma emergência.

Sacudi o lençol e refiz a cama com todo o cuidado. Com o braço esticado, alisei o pano e ajeitei a colcha para que as pontas ficassem bem simétricas. Pus uma fronha nova no travesseiro. Apalpei a maciez do colchão e do travesseiro como quem reencontra um prazer que lhe foi proibido por longo tempo. Por último, enfiei o anel no dedo e, pela primeira vez em vários meses, me entreguei ao sono de boa vontade, deixei que meu coração submergisse suavemente.

Logo veio o sonho, o velho companheiro. E dessa vez para ficar. No primeiro instante parecia que tudo ia ser igual: o segurança dormia no quarto pobre, alguém bateu na porta e rosnou duas ou três sílabas incompreensíveis. No entanto, dessa vez, como eu esperava, o homem adormecido não acordou. Dali a pouco bateram na porta de novo e ele continuou deitado, dormindo. A intervalos cada vez maiores, as batidas na porta iriam se repetir, seguidas pelo rosnar das mesmas sílabas, que jamais vou conseguir entender.

A isso se reduz o único acontecimento desse sonho. O único sinal de vida. Tornou-se claro que nem eu nem ele conseguiremos despertar. É inevitável que ele esteja sonhando comigo, adormecido como ele, os dois ainda presos um ao outro, mas agora pelo laço, pelo anel do mesmo sono.

Já passou pela minha cabeça que desse modo talvez estejamos os dois mortos. Sim. Então será isso a morte. Se é assim, o sonho desse homem que dorme é o meu purgatório. Mas eu, para ele, sou o inferno.

A escola da noite

A lista das escolas e seus endereços deslizava na sua frente em diversas folhas de papel coladas na parede com fita adesiva. Entre as muitas coisas que ela desconhecia estavam os bairros da cidade. Assim, Andreia deixava os olhos correrem pelas folhas, na esperança de que alguma imagem se formasse dentro de sua cabeça. Mas a sonoridade daqueles nomes não fazia eco. Nem mesmo quando Andreia topava com palavras que tinha visto mais de uma vez nos letreiros dos ônibus.

No início, chegou a experimentar a sensação de um labirinto. Mas cortou logo essa ideia — não se tratava de encontrar uma saída. O efeito mais razoável era estar escolhendo um número numa loteria. Andreia sorriu com esse pensamento, brincadeiras que fazia para si mesma. Nisso ela era boa, jogos que tinha trazido da infância, ainda recente.

Em volta, vários homens e mulheres, jovens ou não, examinavam o nome das escolas. Faziam anotações, trocavam comentários engraçados ou sarcásticos. Os mais velhos exibiam uma espécie de bom humor irritado, cético. Os mais jovens se empenhavam em acreditar que estavam à vontade. Aprovados num concurso para professor de escolas públicas, todos se tratavam com uma simpatia e uma camaradagem cujo fundamento era desnecessário entender ou mesmo procurar.

Porém, prestando um pouco mais de atenção, dava para notar, aqui e ali, os olhares de lado que eles atiravam uns para os outros. Curiosidade. Desconfiança. Dúvida insaciável. Pareciam tentar surpreender uns nos outros o segredo da extraordinária esperteza que os levava a insistir numa profissão tão difícil, mal falada e mal paga. Mas essa razão, essa esperteza, se é que havia alguma, dissimulava-se com perfeição. Os rostos deixavam ver, às vezes, sinais leves do rancor, do erro, da fuga frustrada.

Para Andreia, tudo aquilo se misturava numa atmosfera que ela respirava inteira, em bloco, não conseguia dividir o conjunto em partes menores, mais compreensíveis. Bem ou mal, sentia que fazia parte daquilo. Havia sempre algum conforto na ideia de fazer parte de alguma coisa.

Demorou a compreender que sua escolha se limitava aos dez colégios indicados só numa das folhas de papel. Uma mulher que passava atrás dela explicou que aquilo correspondia à sua classificação no concurso. Foi um alívio poder deixar de lado todas as outras folhas, diante das quais as pessoas se amontoavam. Mesmo assim, Andreia lia e relia a pequena lista, sem base alguma para decidir.

A seu redor, alguns aprovados tomavam ares de entendidos. Falavam alto, faziam declarações categóricas a respeito das vantagens e desvantagens de cada escola. As condições de transporte, a índole dos diretores, a boa ou má fama das localidades. Essas opiniões, no entanto, se contradiziam sem a menor cerimônia. Tiveram o efeito de atiçar a desconfiança natural de Andreia. Talvez espalhassem informações falsas com o intuito de afastar das escolas melhores os candidatos menos esclarecidos. O bom podia ser um despistamento do ruim, e o péssimo um ardil do ótimo.

Por mais meticulosos que fossem os comentários e as comparações entre as escolas, em dois aspectos, pelo menos, não havia o que escolher. Todas as vagas eram para trabalhar de noite. Todas as escolas ficavam em bairros afastados e pobres. Quando chamaram Andreia para assinar o documento em que tomaria posse do cargo, ela já havia encontrado um critério seguro para a sua escolha: buscou a escola cujo caminho podia ser mais agradável e menos propício a engarrafamentos.

A satisfação com aquela sensatez modesta veio somar-se ao orgulho de ter conseguido seu primeiro emprego sem ajuda de ninguém. Assim como não precisou pedir a nenhum conhecido que a ajudasse a arranjar trabalho, também não teve que perguntar aos pais onde ficava esse ou aquele bairro para escolher o colégio. Sentiu-se sólida, um pouco instável, talvez. Mas pesava no chão, oferecia uma resistência.

Logo que se apresentou à escola, Andreia percebeu que o lugar era um pouco pior do que tinha imaginado. Mesmo assim, mesmo pior, ainda não era o pior, pois os alunos e os professores em suas conversas davam a entender que o pior começava do outro lado de um canal que corria em uma vala, a uns duzentos metros da escola.

Toda a área era mal iluminada. Como só ia lá de noite, para Andreia aquela parte do bairro não passava de uma massa escura, onde formas pareciam mover-se na sombra. Uma ou outra lâmpada fraca ainda conseguia espiar para o lado de cá, a parte um pouco mais clara. Toda noite, Andreia via os alunos saírem lentamente daquela sombra, vinham para a escola às sete horas. E mais ou menos às dez e vinte os via desaparecer, no caminho de volta para lá.

Mesmo visto de noite, não havia dúvida de que o local já

fora melhor. Já havia sido tratado com mais zelo. As pessoas tinham vivido ali de outro jeito, ou quem sabe o lugar tinha sido habitado por uma outra gente, pensava ela, no esforço de entender. Uma gente que foi embora ou que, talvez sem perceber, se adaptou pouco a pouco a um novo regime de vida. Ela começou a ter a sensação cada vez mais forte de que a escola estava próxima demais de uma espécie de força desagregadora.

Do ponto de ônibus até o colégio, Andreia percorria um caminho tortuoso. Alguns postes com a lâmpada partida a pedradas abriam manchas de escuridão. Andreia descia e subia escadas estreitas, de concreto, e sentia sob o peso dos pés que alguns degraus soltavam pedaços de cimento. As escadarias desembocavam em ruelas, becos e muros onde Andreia mal conseguia distinguir o que era uma residência, uma oficina ou uma construção abandonada. Meio atraída, meio envergonhada, admirava-se de que aquilo tudo existisse, ou pelo menos de que ela estivesse ali e visse tudo aquilo daquele jeito.

Na verdade, Andreia mal olhava para os lados enquanto andava. Com medo de parecer curiosa ou indiscreta, concentrava o olhar no chão para se desviar dos buracos, dos montes de lixo, das poças por onde o esgoto vazava. Às vezes passava alguém, que logo desaparecia numa fenda do muro ou num ponto em que a escuridão se fechava de novo. Meninos jogavam pedras uns nos outros e corriam, adolescentes davam risadas, batiam palmas, faziam requebrados de dança. Um cachorro mancava, arfante, com a língua para fora, meio roxa. Passaram várias noites até que Andreia visse, pela primeira vez, um homem de arma na mão cruzar seu caminho. Nervoso, respiração pesada, que Andreia pôde ouvir. Mas um homem indiferente à sua presença.

Conversando com os pais a respeito da escola, Andreia tinha o cuidado de suavizar ao máximo a imagem de seu ambiente de trabalho. Teria vergonha se o pai procurasse a ajuda de conhecidos para conseguir uma transferência para a filha. Ficaria com raiva se ele a acompanhasse até a escola ou se fosse apanhá-la depois da última aula. Mas enquanto falava com os pais e amenizava suas impressões, Andreia notou com surpresa que era fácil acreditar no que dizia. Viu que aquilo era bom. Ficou satisfeita ao raciocinar que a imagem que tinha do colégio devia ser fruto de sua ignorância, de preconceitos arraigados. Mesmo assim, toda vez que seguia seu caminho noturno, as sensações voltavam. O sobressalto, o fôlego curto.

Sem que Andreia percebesse, essa contradição entre o que experimentava e o que pensava ia, pouco a pouco, esgotando suas energias. Todo o seu esforço para fabricar raciocínios e justificações tinha o efeito de tornar mais fortes as suas sensações. Sem querer, suspeitava dos alunos, dos olhos dos alunos, de seu silêncio e de suas conversas em voz baixa. Até das paredes da escola desconfiava.

Talvez porque, nas salas de aula, em geral apenas uma das quatro luminárias acendesse. Uma parte dos alunos sempre se perdia numa sombra, em silhuetas móveis, ao fundo. Apesar disso, no lusco-fusco e na poeira, Andreia podia entrever às vezes uma aluna mergulhada numa espécie de êxtase, na ilha do seu aparelho de som portátil, com os fones nos ouvidos. Mesmo na parte mais iluminada da sala, alguns rostos se ocultavam inteiros na sombra da pala comprida de bonés.

Andreia vigiava seus pertences, temia que pudessem roubá-la. Vestia as roupas menos femininas que encontrava, assustada com algum possível interesse no olhar dos alunos. No corredor estreito, caminhava com cuidado, perto da parede, para evitar o menor contato físico ao passar por eles. O pavor veio numa noite de chuva e fez seu coração martelar, quando um corte de energia deixou a escola e o bairro inteiro às escuras.

No meio de uma aula, no meio de uma frase, Andreia deu

um passo atrás e colou as costas no quadro-negro. A maré de gritos, uivos, assovios a empurrou contra a parede. Por mais que forçasse os olhos, a escuridão não se abria. Uma pressão no ar, alguma oscilação no escuro, Andreia chegou a pressentir alguém passando muito perto dela. Na ponta dos pés, respiração presa, colou-se ainda mais ao quadro-negro. Quando a luz voltou, talvez um minuto depois, viu com surpresa quase todos os alunos de pé, um grupo aglomerado na porta da sala, carteiras fora do lugar, duas cadeiras no chão e uma fila de moças encostadas no parapeito da janela, viradas de frente para a sala.

Andreia desprezava sua desconfiança dos alunos. Sentia-se injusta e banal, mas passou a ter um pouco de raiva dos alunos por provocarem nela sentimentos assim. Nas reuniões com os outros professores, se aborrecia consigo mesma por sentir que concordava quando algum colega mais nervoso resmungava que os estudantes eram uns burros, uns selvagens, verdadeiros retardados.

Em voz alta, apressava-se em tomar o partido de um certo professor, sempre pronto a justificar os alunos levando em conta as circunstâncias em que viviam. Palavras como pobreza, opressão, serviam de apoios em que Andreia se agarrava. A ideia de que aqueles rapazes e moças eram vítimas e desejavam apenas se vingar, revidar os golpes que haviam sofrido, conforme era lógico e era o seu direito, parecia a única coisa digna de se aprender na escola. De forma vaga, silenciosa, essa ideia pairava no ar que alunos e professores respiravam. Só que desse jeito, todos viam, não trazia o menor benefício a ninguém.

As críticas, as teses, as mudanças que aquele professor propunha de modo confuso eram apoiadas por Andreia com um entusiasmo que às vezes ela mesma refreava, com medo de parecer exagerada. Outros professores, céticos ou desanimados mas nem sempre hostis aos alunos, faziam comentários mais modestos, ou que apenas tentavam parecer mais práticos. Andreia os detestava. Mesmo assim, em sua inexperiência, pressentia que podiam ter uma dose de razão. Só que naquele caminho não havia nenhum proveito para ela, o que só servia para aumentar seu rancor.

Com o correr dos meses, começou a parecer que era possível aquela situação estabilizar-se. Mais ainda, começou a parecer que aquela situação já existia desde muito tempo. Andreia intuiu que ela mesma poderia viver assim durante anos. E dessa forma, na verdade, uns poucos anos se passaram. No entanto uma parte do quadro não queria se render, não se estabilizava. Era o caminho do ponto de ônibus até o colégio. As escadas, as sombras, os becos, os muros. Os sustos que levava, as formas que imaginava ver. Toda noite de aula, aquele percurso trazia Andreia de volta ao início de tudo.

Certa semana corriam boatos de uma movimentação anormal, de um acerto de contas entre policiais e grupos de criminosos do lugar. Nada se via, a rigor, mas as passagens estreitas pareciam mais escuras. Os muros sugeriam mais olhos, mais bocas e braços nas partes desmoronadas. Pela beira do muro, pelos cantos, deslizou até Andreia o rumor de passos que corriam para longe. Um tilintar de vidro que se estilhaçava. Apertou o passo, abraçou a pasta contra o peito e empurrou o pensamento para a frente, à força.

Um ronco e um gemido se misturavam no som que deteve seus passos e fez aumentar a mancha de sombra a seu lado. A sombra de fato cresceu num impulso que parecia vir do alto. Precedida por um breve deslocamento de ar, caiu em cima de Andreia. Embora não tivesse saído do lugar, ela agora se achava meio encoberta pela sombra, imersa pela metade numa penumbra oscilante.

Sua pasta havia caído no chão. Nos braços, segurava um corpo de extraordinária leveza, pele e osso, que se embolava nela.

Houve no escuro uma confusão de pernas, braços e mãos. Andreia não entendeu se ele apenas havia caído ou se na verdade tinha se atirado sobre ela com alguma intenção violenta.

A sombra abria e fechava e, em dúvida, Andreia viu de relance que o homem não tinha dentes. Duas cicatrizes marcavam fileiras de pontos cirúrgicos na pele do crânio. Com marcas de ferimentos ou queimaduras, a cabeça era quase totalmente calva. Apenas tufos crespos rompiam em pontos de tecido sadio.

Logo em seguida veio a sensação de que algo molhado e quase fresco tocava sua pele. Embora não sentisse dor alguma, Andreia achou que o sangue era seu, que havia sido ferida. Seu pensamento mal tocou na possibilidade de que o homem é que estivesse sangrando. Ele roncava e gemia perto do seu rosto. A pele enrijecida, seca, os ossos espetavam. Tão leve — é ela que o segura ou é ele que a aperta? O homem remexia braços e mãos de um jeito inexplicável, até que Andreia, na confusão, sentiu o toque de um objeto de metal. Frio, fino, curto. A faca dançava, queria fugir.

Ainda arisca, a faca escorregou para a mão de Andreia. Ela a apertou firme pelo cabo, numa espécie de pressão instintiva. O homem trouxe a faca para ferir Andreia ou a trazia ainda enfiada no corpo, ao cair sobre ela? Num esforço desesperado, Andreia deu um safanão, desvencilhou o braço. A faca em seu punho. O braço tomou impulso, golpeou o homem e o empurrou para trás. Um tremor, um bufo na garganta.

Quando o homem caiu de lado contra o muro, seu rosto atravessou uma faixa de luz e sumiu de novo na sombra. Ainda com a faca na mão, Andreia pensou reconhecer o rosto de um ex-aluno. As feições familiares quase perdidas por trás da magreza, das cicatrizes, das linhas fundas. Um aluno que, dois anos antes, abandonara a escola logo após o início das aulas depois de dizer desaforos, aos gritos, sem controle, na cara de um professor e, em seguida, na secretaria. Um rosto que ela não ia esquecer.

Andreia só via parte das pernas do homem estirado junto à parede. O resto tinha sumido no escuro. Pela voz, aparentemente ele agora delirava. Pedia ajuda, parecia. Gemia e ronronava numa aflição de raiva já sem forças — o que era aquilo? Andreia, confusa, trêmula, coração na garganta, murmurou que ia chamar alguém. Falou mais para si mesma do que para ele. Sem pensar, largou a faca no chão e se afastou às pressas.

Apalpou o corpo por baixo da blusa, na frente, nas costas, viu que não havia ferimento. Na verdade, sentiu de repente a pele pulsar num jato de energia. Vestiu um suéter para cobrir as pequenas manchas de sangue e, em vez de ir para a escola, voltou na direção do ponto de ônibus. Ao chegar em casa mais cedo, inventou uma mentira para os pais. Depois, querendo justificar a falta no trabalho, inventou outra mentira para o diretor da escola, pelo telefone. Não teve pesadelos.

Duas noites depois, voltou ao colégio. Ao saltar do ônibus e se enfiar pelos becos e escadas, Andreia percebeu uma diferença. Já não sentia medo. Não pareciam tão sombrias. Vasculhou bem fundo, revirou suas emoções e não achou a mesma sensação. O caminho era o mesmo. Eram as mesmas ladeiras, os mesmos muros e escadas. Ela agora caminhava ao encontro das manchas escuras como se fosse parte delas. Estava calma, fria, e teve a sensação de que podia continuar assim para sempre. Mas por alguma razão achou melhor dizer a si mesma que ainda era medo o que sentia.

Quando chegou à escola, duas professoras conversavam, um pouco agitadas. Lembra, lembra aquele aluno que sumiu logo no início do ano? E repetiam o nome, o nome que Andreia só então lembrou. Pois é. Apareceu morto aqui perto, imagina, logo ali. Dizem que andava numa vida confusa, se meteu em alguma encrenca, um desentendimento. Ele era mesmo agressivo, lembra?

Um dos professores — o mesmo de sempre — lembrou as circunstâncias, as humilhações sucessivas, diárias. Andreia o apoiou com energia, com sinceridade. Sentiu-se bem ao falar, ao pensar. Mas, por mais que procurasse e quisesse, não conseguia sentir de fato o que podia haver para lamentar naquela morte do ex-aluno.

ESTA OBRA FOI COMPOSTA PELO GRUPO DE CRIAÇÃO EM ELECTRA E
IMPRESSA PELA GRÁFICA BARTIRA EM OFSETE SOBRE PAPEL PÓLEN BOLD
DA SUZANO PAPEL E CELULOSE PARA A EDITORA SCHWARCZ
EM AGOSTO DE 2009